W0242721

© 2020 by :TRANSIT Buchverlag
Postfach 120307 | 10593 Berlin
www.transit-verlag.de

Umschlaggestaltung und Layout:
Gudrun Fröba
Druck und Bindung:
GGP Media GmbH, Deutschland
ISBN 978-3-88747-380-8

FSC
www.fsc.org
MIX
Papier aus verantwortungsvollen Quellen
FSC® C014496

Dietmar Sous

BODENSEE

Roman

: TRANSIT

1

Wie jedes Jahr seit ungefähr dem Urknall fing auch 1962 mit dem 1. Januar an. Neujahr hätte als 1. Mai durchgehen können. Nur Wölkchen am Himmel, falls überhaupt, und Temperaturen, die Eis und Schnee zu Fremdwörtern machten.

Die Atombombenversuche der Amis und Russen seien schuld, sagte Vater, gelegentlicher Zeitungsleser und Nachrichtenhörer, und dass sich, wissenschaftlich absolut erwiesen, bei uns demnächst Wüsten, Kamele und an vierzig Grad im Schatten gewöhnte Mohammedaner breitmachen würden, außerdem Gestalten mit zwei Köpfen und drei kurzen Beinen. Mutationen im Atomzeitalter nennt man das, sagte Vater und schob das Kinn vor.

Ich wollte mithalten, beweisen, dass ich intellektuell auf dem grünen Zweig, nicht auf dem von Vater erhofften absteigenden Ast war. Mutation kommt aus dem Lateinischen, sagte ich. Mutare heißt wechseln, verändern.

Maulheld, Wichtigtuer, antwortete Vater so unvermittelt und aufgebracht, dass ich zusammenzuckte.

Er legte an Lautstärke noch einen Zahn zu.

Wer verdient denn hier das Geld? Der blöde Arbeiter oder der Herr Gymnasiast mit seinem ausgestorbenen Latein, das kein Mensch braucht?

Auch fünf Jahre, nachdem Leni mich gegen seinen Willen zur Aufnahmeprüfung fürs Gymnasium angemeldet hatte, war er immer noch wütend. Er hätte mich nach der Volksschule gern auf einem Krawattenposten bei der Spar- und Darlehens- oder Krankenkasse gesehen, vielleicht sogar, wenn ich mich auf die Hinterbeine stellte, in einem warmen Vorzimmer der Stadtverwaltung.

Leni war das zu wenig. Das Abitur musste her, damit ich Architekt, Rechtsanwalt, Zahnarzt mit eigener Praxis und einem halben Dutzend adretter Helferinnen in strahlend weißer Uniform werden konnte. Nummer 1, nicht Nummer Nullkommanichts!

Enttäuscht, ja verbittert, nahm Vater meine Versetzungszeugnisse und die fehlenden Eiskunstlaufnoten bei Klassenarbeiten zur Kenntnis.

Ich persönlich wäre am liebsten Lebensretter geworden. Unfallopfer wiederbelebt, Nichtschwimmer unter Einsatz des eigenen Lebens eisigen Fluten entrissen, eine fünfköpfige Familie aus ihrem lichterloh brennenden Haus befreit. Hochdekoriert und dabei sympathisch bescheiden geblieben, so die Zeitungen unisono über mich. Leni würde die Artikel ausschneiden, rahmen lassen und im Wohnzimmer aufhängen, und Vater wäre stolz auf mich, auch wenn man es ihm kein bisschen anmerkte.

Leni war von den Mutationen des Atomzeitalters nicht im geringsten betroffen. Ihr Gesicht hätte auf die Titelseite der *Revue* oder *Quick* gepasst. Ihre Beine hörten gar nicht auf, so lang waren sie. Vater fehlten zwei, drei Zentimeter an Lenis Größe, dafür war er sieben Jahre älter und seine Muskulatur deutlich ausgeprägter. Die führte er in warmen Monaten im ärmellosen Unterhemd vor. Wenn ihm der Krieg nicht dazwischengekommen wäre, hätte aus ihm mit Sicherheit eine Sportskanone werden können, Ruderer, Gewichtheber, am liebsten Boxer, behauptete er gern. Jetzt nicht direkt ein Max Schmeling, fügte er um Bescheidenheit bemüht hinzu, aber für die Rheinland-Meisterschaft im Halbschwergewicht hätte es immer gereicht. Und mit den Westfalen wär ich auch fertig geworden! Vater ballte die Hände zur Faust, deutete einen Schwinger an, einen Lucky Punch, lächelte wie ein K.o.-Sieger in der ersten Runde.

Mit ihrer Sonnenbrille sah Leni aus wie die Filmschauspielerin Sophia Loren auf dem Plakat, das vor dem Kino in der Oberstadt hing. Aber nicht, um schick auszusehen, trug Leni dunkle Gläser. Sie wollte ihr rechtes Auge nicht zeigen. Das hatte einen dunkelblauen, teilweise ins Rötliche schillernden, geschwollenen Rand. Vater war am Silvesterabend die Hand ausgerutscht.

Versehentlich, wie er seitdem beteuerte.

Seine Nerven waren schon vor dem Ausrutscher durch Lenis Bitte strapaziert worden, eigenes Geld verdienen zu dürfen. Kellnern, Putzstellen oder am Fließband in der Fabrik, irgendwas. Als Leni dann ungefähr eine Stunde, bevor die Feuerwerksraketen in die Luft flogen, in der *Quick* blätterte und nebenbei sagte, der Schauspieler Curd Jürgens sähe wirklich unverschämt gut aus, hatte Vater endgültig genug. Da war es vorbei gewesen mit Gemütlichkeit, *Keller Geister*-Perlwein und unbeschwerter Radiomusik, mit Fleischwurst-Schnittkäse-Gewürzgurken-Häppchen, obendrauf der krönende Klecks Mayonnaise. Ehe es überhaupt angefangen hatte, war das neue Jahr eigentlich schon im Mülleimer, über Wupper, Jordan und Styx.

Außer dem immer noch falschen Wetter passierte am Morgen des dritten Januar Folgendes: nichts. Ich hatte Geburtstag, wurde fünfzehn, aber alle taten so, als sei es bloß ein hundsgemeiner Mittwoch.

Mein Tag der Tage war wegen des ungeschickten Datums nie das Fest der Feste gewesen. Nach dem Trubel im Dezember war abgesehen von mir niemand auf Hurra, Apfelkuchen mit Streusel und vor allem Bescherung erpicht. Aber bisher war man, wenn auch lethargisch, seinen elterlichen Pflichten nachgekommen und hatte irgendwas rausgerückt. Preisreduzierte, abgegriffene Nach-Weihnachts-Ware, und seit ich im zweistelligen Alter war, einen Fünfmarkschein. Geld, das mich für eine Stunde zum König machte.

Nun ließen sie mich nicht mal eine Zehntelsekunde regieren. Es gab keinen Schein und schon gar keine Jeans. Weihnachten war ich wenigstens noch vertröstet worden, angeblich hatte es Lieferschwierigkeiten gegeben. Erst hieß es, der wochenlange Streik der schwarzen Baumwollpflücker und Näherinnen in den Südstaaten der USA habe mir die Tour vermasselt, dann wollte man vom Hosenverkäufer gehört haben, das Schiff mit meinem Exemplar an Bord sei in einen Sturm geraten und südlich von Portugal gesunken. Stoff für einen Abenteuerroman. Wenn meine Rabeneltern so weitermachten, wurden sie noch zu heißen Anwärtern auf den Literatur-Nobelpreis.

Aber an diesem dritten Januar bemühten sie sich nicht mal um eine Ausrede.

Beim Frisör hatte ich in einer Illustrierten ein Foto von Marlon Brando gesehen, auf dem er ein weißes T-Shirt und Blue Jeans trug. Sich so in der Öffentlichkeit zu präsentieren, sei ein Unding höchsten Ausmaßes, stand empört und fettgedruckt darunter. Ich riss die Seite heimlich raus. Seitdem hing der skandalös gekleidete Schauspieler neben meinem Bett. Vater regte sich auf, stellte mir eine Frist, die er dann vergaß.

Leni küsste mich auf die Stirn, strich mir übers Haar. Sie versprach, einen Kuchen zu backen. Das Versprechen war eher eine Drohung. Leni hatte kein Händchen für die Konditorei, sie stand mit Hefe, Mehl und der richtigen Menge Zucker auf Kriegsfuß.

Abends zuvor hatte sich Vater bereits alle Mühe gegeben, mir sämtliche Geburtstagsflausen auszutreiben. Er erinnerte sich laut daran, wie er mit fünfzehn in der Fabrik schuften musste, 48-Stunden-Woche, Minimum.

Von wegen Gymnasium mit Gaius Julius, Sinus und Kosinus! Schläge und Tritte vom Vorarbeiter hatte es zum Geburtstag gegeben. Und nun war in der Firma die Krise ausgebrochen, obwohl sich alle krummgelegt und auf Lohnerhöhung verzichtet hatten. Entlassungen drohten, mickriges Stempelgeld. Die Zeit der großen Sprünge: vorbei.

Ich hätte schwören können, dass er mich reinlegen wollte. Hatte gehofft, er wollte meine Vorfreude klein reden, um dann umso größer auftrumpfen zu können. Mit Blue Jeans und einem Plattenspieler mit Radio kombiniert. UKW, Mittelwelle, alles. Die verdiente Entschädigung für den flauen Gabentisch am Weihnachtsabend: ein Etui mit Rasierutensilien und ein kratziger Pullover.

Havenstein, mein Nebenmann in der Klasse, hatte am 25. Dezember Geburtstag, auch er war Kummer gewöhnt, aber das tröstete mich nicht im geringsten. Ich ging in mein Zimmer, schloss mich ein, sah mich nach etwas um, das ich zerstören konnte. Das dämliche Kindersparschwein aus Ton musste dran glauben. Gute Wahl, meine Laune besserte sich sofort, als ich zwischen Scherben die Münzen und einen kleinen Schein sah. Wenn keiner was für mich übrig hatte, würde ich mich eben selbst beschenken. Ich steckte eine Handvoll Silbergeld ein und Streichhölzer.

Leni saß mit hochgerafftem Rock in der Küche und strich ihre Fingernägel rot an. Mit den Zehen war sie schon fertig. Um besser sehen zu können, hatte sie die Sonnenbrille abgenommen. Ihr dunkelblaues Auge mutierte allmählich zu dunkelgelb. Der Backofen: kalt wie die Antarktis. Kein Grund zur Traurigkeit.

Die Straßenbahn überfuhr eine tote Taube. Kinder spielten mit Silvestermüll. Jehovas Zeugen malten den Teufel an die Wand. Die Luft roch nach Chemie und Brauerei. Vor der Eisdiele am Kaiserplatz mit mulmiger Aussicht auf meine Schule hing ein Zigarettenautomat. Ich zog wie immer Senoussi, weil mir das Bild auf der Packung gefiel. Eine Horde Araber, einige mit Gewehr. An einer Fahnenstange war ein Halbmond befestigt. Wie bei Karl May, *Durch die Wüste*.

Am liebsten hätte ich mir sofort eine angesteckt. Aber wenn mir zufällig ein Lehrer begegnete, wäre Feuer an Bord. Benachrichtigung der Eltern, Strafarbeit, auf dem nächsten Zeugnis eine Sechs in Führung. Dem Pechvogel Havenstein war genau das passiert.

Ich schwitzte in meinen Wintersachen. Der italienische Eissalon war bis April geschlossen. Die anderen Gastarbeiter waren geblieben. Sie standen in Gruppen herum, quatschten durcheinander, schauten Frauen hinterher, hielten die Blicke der Einheimischen aus.

Fünfzehn Treppenstufen unter dem Kaiserplatz konnte man kostenlos pinkeln und Schlimmeres. Frische Frühlingsluft adieu, übertriebene Heizungswärme brachte üble Gerüche zur Entfaltung. Am besten schloss man Augen, Nase und die Ohren auch.

Als ich mit der Senoussi fertig war, überließ ich die Kippe den Untiefen der Kanalisation und überlegte, mir noch eine anzustecken. Da hämmerte es gegen die Tür.

Wird das heute noch was? Hast du die Scheißerei?

Freundlichkeit und Diskretion waren nicht die hervorstechendsten Eigenschaften der Klofrau. Ich hatte es immer schon geahnt, dass sie, neugierig und berufserfahren, wie sie war, genau wusste, wer wie lange in welcher Kabine hockte. Sie hieß Frau Tillmanns. Graue Drahtwolle auf dem Kopf, ihre Zahnprothese schwamm in einem Einmachglas, das auf einem Tisch neben ihr stand. Sie hatte Probleme mit ihrem Gebiss, es drückte, triezte, piesackte, und sie wurde nicht müde, jedem Kunden in ihrem Alter davon zu erzählen.

Zusätzlich dekorierten zerlesene Zeitschriften, ein Aschenbecher und eine Blumenvase ohne Blumen den Tisch mit dem Prothesen-Aquarium. Ich opferte zehn Pfennig, um es mir nicht ganz mit der Tillmanns zu verderben. Die Alte wischte das Geldstück in eine Tasche ihrer lindgrünen Kittelschürze und lächelte wie eine Schnecke, der man gerade die Behausung gekündigt hatte.

Abends wartete ich an der Bushaltestelle auf Christel. Sie war zwei Jahre älter als ich und machte eine Ausbildung zur Backwarenfachverkäuferin. Christel wohnte mit ihren Eltern bei uns im Haus, Parterre, und war schon eine richtige Frau. Als sie ausstieg, hatte sie eine prall gefüllte Brötchentüte in der einen und ein Tablett mit Kuchen in der anderen Hand. Nicht verkaufte Backwaren durfte sie nach Geschäftsschluss mitnehmen. Auch wir profitierten davon.

Ich öffnete meine rechte Hand und zeigte Christel drei Markstücke und ein Zweimarkstück. Heute nicht, sagte sie und scheuchte mich weg wie einen aufdringlichen Straßenköter.

Zuhause kläffte Vater. Sein Essen wurde darüber kalt. Lenis rote Fuß- und Fingernägel regten ihn auf. Vater brüllte, Leni wolle wohl ihr eigenes Geld im Puff verdienen. Sie sehe aus wie eine, die für nen Zehner zu haben sei. Mit jämmerlicher Stimme bat ich ihn aufzuhören. Quasi als mein Geburtstagsgeschenk. Aber selbst das war ihm zu viel. Er nahm seinen Teller und warf das Essen (Kartoffelpüree, Rotkohl, rheinische Bratwurst, Apfelkompott) auf den Boden.

Christel reichte mir ein Fläschchen Nagellackentferner, um das ich sie im Auftrag Lenis gebeten hatte. Der Kohlenofen glühte, die Wachskerzen am nadelnden Weihnachtsbaum flackerten. Unsere bunte Tanne war bei dem von Curd Jürgens verursachten Silvesterversehen auf die Straße geflogen.

Ich hätte dann fünf Minuten Zeit, sagte Christel in ihrer gelangweilten Art. Hast du das Geld dabei?

Grete und Jupp, ihre Eltern, waren nicht da. Jupp war einen

Tag nach Neujahr mit Tränen in den Augen zur Kur nach Bad Salzuflen gefahren. Er hatte es mit der Lunge, dem Kreislauf, der Leber, eigentlich mit allem. Und Grete sei bei Bekannten, die einen Fernsehapparat hatten, sagte Christel.

Eiskunstlaufen kucken. Marika Kilius und Hans-Jürgen Bäumler. Europameisterschaft gegen die Russen, glaub ich.

Sie hatte ihre langen schwarzen Haare zu einem Pferdeschwanz gebunden. Wenn sie Krach mit ihrem Vater hatte, nannte der sie eine Zigeunerin. Jupp machte nach Genuss von Alkohol keinen Hehl daraus, dass er Christel für einen Seitensprung hielt, einen Fehltritt. Gretes Kuckucksei. Er war früher, bevor der Zahn der Zeit zugebissen hatte, blond gewesen, Grete seit dem ersten Tag ihres Lebens fuchsig rot.

Ich bin zwar kein Kunstmaler, sagte Jupp, Anstreicher auch nicht, aber wenn man Blond und Rot mischt, kommt ganz bestimmt kein tiefes Schwarz dabei raus.

Christel zog ihren selbst gestrickten Pullover aus, den weißen Büstenhalter mit Rosenstickerei. Dabei schaute sie zur Zimmerdecke hoch.

Hast du warme Pfoten?, fragte sie. Wehe, wenn nicht!

Ich schob Hose und Unterhose bis zu den Knien herunter. Mein Herz schlug, als wollte es mir die Rippen brechen. Wir setzten uns nebeneinander aufs Sofa, das nicht mehr das neueste war. Man sank tief ein, die Federung war hinüber. Christel stellte griffbereit einen Suppenteller neben sich. Sie fasste mich an, und ich war sofort startklar. Christel roch gut, nach Frühling, Kuchen und ein wenig nach Mokka.

Langsamer und nicht so fest, bettelte ich.

Hier im Wohnzimmer war es viel gemütlicher als in der

Waschküche oder hinter dem Kaninchenstall, wo wir uns sonst trafen.

Du nuckelst wie ein Säugling, sagte Christel. Es fiel mir nicht leicht, die Spielregeln einzuhalten. Keine Küsse auf den Mund, keine Griffe in den Schritt. Kein Knutschfleck, schon gar nicht am Hals.

In der Wohnung über uns war alles ruhig. Leni weinte nicht mehr, und Vater war zum Skatabend gegangen. Ich bring ihn um, hatte ich gesagt. Wenn du das noch mal sagst, antwortete Leni, bin ich nicht mehr deine Mutter. Ist das klar?

Ich war nicht die größte Leuchte in Biologie, aber was Leni da sagte, war natürlich Quatsch mit Soße. Wie sollte das gehen, nicht mehr meine Mutter zu sein?

Bist du soweit, kommt es?

Christel brachte den Suppenteller zum Einsatz, damit das olle Sofa und der abgewetzte Teppich nichts abkriegten. Gegen die Abmachung versuchte ich, Christel auf den Mund zu küssen.

2

Der Frühlingseinbruch und die Weihnachtsferien waren vorbei. Die Schule fing mit einer Doppelstunde Deutsch an. In dem Fach war ich immer Durchschnitt gewesen, nicht gehobener, eher durchschnittlicher Durchschnitt mit leichter Tendenz zum Minus. Seit Aschermittwoch vergangenen Jahres häuften sich aber bei Klassenarbeiten die Zweien, meine mündliche Beteiligung, die so gut wie nicht stattfand, wurde überschätzt, und ich war seit diesem katholischen 15. Februar nie mehr von Oberstudienrat Jenniges vorgeführt, niedergemacht, gedemütigt, abgekanzelt, durch den Dreck gezogen worden. Gute Noten und Schonzeit verdankte ich weder Geistesblitzen noch einem hart erarbeiteten Leistungsschub, sondern einfach nur der Fenstergeschichte.

Kaum hatte Jenniges den Klassenraum betreten, fühlte man sich ertappt und schuldig. Er schloss die Tür ab, steckte den Schlüssel ein. Es gab kein Entkommen mehr.

Jenniges hatte allen außer mir die Ferien versaut. Damit uns die Langeweile nicht folterte, so der Lehrer mit scheinbar gutmütigem Lächeln am letzten Schultag vor Weihnachten, sollten wir *Die Bürgschaft* von Friedrich Schiller auswendig lernen. Zwanzig Strophen mit je sieben Zeilen. Unbesorgt hatte ich mich statt in die Ballade in den reich bebilderten Neckermann-Katalog vertieft, vor allem in das Kapitel Damenunterwäsche.

Wir waren aufgesprungen, standen militärisch gerade. Bauch rein, Brust raus, Hände an die Hosennaht. Der Oberstudienrat fackelte nicht lange.

»Wer wagt es, Rittersmann oder Knapp? Freiwillige vor!«

Die Streber meldeten sich, wurden aber übersehen. Jenniges wiederholte seinen Aufruf, lauter, drohender diesmal. Es roch nach dem nassen Leder der Schultaschen. Das Klassenzimmer war schlecht gelüftet, überheizt. Auf dem Fußboden Schneepfützen. Fünf nach acht, draußen war es noch dunkel. Der Lehrer strich über seinen grauen Kinnbart, lächelte sein Raubtierlächeln. Neben mir stöhnte Havenstein leise, wankte. Ich sah, wie er sich einen Pickel blutig kratzte, wie er dann seine zitternden Hände wieder an die Hosennaht presste. Seitdem er in einem Aufsatz *es schnitt* statt *es schneite* geschrieben hatte, konnte er sich Jenniges' besonderer Beobachtung sicher sein. Regelmäßig haute der Lehrer Havenstein das Winterfiasko um die Ohren.

Trauriger Haufen, mein lieber Kokoschinski!

Jenniges' aufgerissene, blitzende Augen. Unsere Blicke trafen sich nur ganz kurz, aber das reichte. Die alte Angst war wieder da. Vielleicht hatte er über die Feiertage noch einmal über das Ereignis am Aschermittwoch nachgedacht und sich alles verziehen. Vorbei der schöne Lenz, die ruhige Kugel.

Ich hatte die Schulmesse geschwänzt. Freistunde, hatte ich am Abend vorher zu Leni gesagt und mich ausgeschlafen. Mir lag daran, möglichst wenig mit Religion in Kontakt zu kommen, weil ich nicht ständig daran erinnert werden wollte, dass Gott alles sah. Das fand ich noch viel gemeiner als meine Sterblichkeit, von der auch immer die Rede war.

Der Vater, der Sohn und der Heilige Geist waren vierundzwanzig Stunden am Tag mit nichts anderem beschäftigt, als mich und den Rest der Menschheit zu observieren, auf Schritt und Fehltritt; auf dem Klo und bei Schlimmerem schauten sie einem penibel auf die Finger. Pastor und Oberstudienrat Pip behauptete sogar, auch unsere lieben Verstorbenen, sofern sie im Himmel Aufnahme gefunden hatten, würden schlaflos über uns wachen. Es war verflucht deprimierend, gruselig, peinlich hoch zwanzig, sich vorzustellen, dass die Opas Heinrich und Ludwig, Oma Käthe und Tante Karla, die mich sowieso zeitlebens nicht ausstehen konnte, alle meine Geheimnisse kannten.

Ich schlich an der Hausmeisterloge vorbei die Treppen zur zweiten Etage hoch. Es fühlte sich unheimlich an, allein in der Klasse zu sein. Ich öffnete ein Fenster, beugte mich vor, schaute auf den noch leeren Schulhof herunter. Ich überlegte, eine Zigarette auf dem Klo zu rauchen, entschied mich dann aber für die frische Luft. Kein Gesang wehte vom Musiksaal herüber, keine laut deklinierenden Sextaner, weder Trillerpfeife noch Getrampel aus der Turnhalle. In ein paar Minuten würde die Herde der Gottesdienstbesucher auftauchen, angeführt von Religionslehrer Pip.

Nach einem letzten Zug blies ich den Rauch aus, wollte die Kippe auf der Fensterbank ausdrücken, da verlor ich den Boden unter den Füßen.

Ich pendelte neun oder zehn Meter über dem ausbesserungsbedürftigen Teerbelag des Schulhofs. Jemand hatte mich gepackt und mit großer Kraft aus dem Fenster geschoben. Noch wurde ich an den Fesseln gehalten, aber man drohte, mich gleich fallen zu lassen, um mir ein für allemal das Rauchen und Schwänzen der Schulmesse abzugewöhnen.

Unbeholfene Schwimmbewegungen ins Leere. Abwechselnd das Gefühl, auf einer stark schwankenden Drehscheibe und in einem abstürzenden Aufzug zu sein. Ich versuchte zu schreien, brachte aber nur missratene Lalltöne zustande. Es gab einen Ruck. Der Angreifer teilte mir mit, er halte mich jetzt nur noch mit einer Hand fest.

Dass ich mir in die Hose gepisst hatte, war das erste, was mir auffiel, nachdem es vorbei war. Jenniges sagte, ich würde von der Schule fliegen und in einer Erziehungsanstalt landen, wenn meine Raucherei und Gottlosigkeit herauskämen. Dass man mir in der Anstalt die Flötentöne beibringen, mit mir Schlitten fahren würde. Dass sie dort einen Menschen aus mir machen würden.

Ich hockte auf dem Boden, keuchte und zitterte, dazu eine Inflation von Tränen und Rotz. Jenniges sagte, ich solle mich gefälligst zusammenreißen, mich nicht gehen lassen wie ein Mädchen. Er nannte mich Pissnelda. Anna. Sabine. Susanne. Gisela. Adelheid.

Matthias, sagte ich ohne Stimme.

Erika. Waltraud. Johanna.

Angewidert wies der Lehrer mich auf meine blutende Oberlippe hin. Im Weggehen forderte er mich auf, mich in Zukunft zu benehmen. Dann werde er möglicherweise Gnade vor Recht, Milde walten lassen, Direktor und Oberschulrat nicht informieren.

Hast du mich verstanden? Ob du mich ver-stan-den hast?

Als die anderen kamen, sahen sie mich an wie ein übrig gebliebenes Karnevalsgespenst. Ich zog meinen Pullover über die große nasse Stelle, schlug die Beine übereinander.

Wenn ich dachte, für diesen Tag sei es genug mit Angst und Schrecken, hatte ich mich geschnitten. Pastor Pip platzte in die Mathestunde herein, um jeden Schüler in Augenschein zu nehmen. Alle aufstehen! Wer im Gottesdienst gewesen war, konnte ein schwarzes Aschenkreuz auf der Stirn vorweisen, von Pip eigenhändig gezeichnet, zur Erinnerung an unsere Sterblichkeit.

Als ich an der Reihe war, nahm der Geistliche seine dicke Hornbrille ab und betrachtete mich wie eine Mutation im Atomzeitalter.

Hab es versehentlich abgewischt, hörte ich mich sagen.

Aha, ein Sauberkeitsfanatiker, antwortete Pip.

Die Ohrfeigen, die er mir verpasste, gerecht auf beide Gesichtshälften verteilt, hatten sich gewaschen, und zwar gründlich.

Jenniges ging mit einem kurzen Zeigestock durch die Reihen. Dass er ein künstliches Bein hatte, merkte man ihm so gut wie nicht an. Das richtige Bein war in Russland geblieben, hatten wir gehört.

Wir standen immer noch wie Rekruten. Draußen wurde es allmählich hell.

Es schneite. Die Heizung pochte auf Hochtouren, und die

Zeit gab sich alle Mühe, nicht zu vergehen. Jenniges zitierte mit weicher Stimme die beiden ersten Zeilen der *Bürgschaft*:

Zu Dionys, dem Tyrannen, schlich
Möros, den Dolch im Gewande.

Der Oberstudienrat fuchtelte mit dem Zeigestock herum wie mit einem Dolch. Das sah komisch aus, aber niemand lachte. Obwohl meine Kopfhaut juckte, wagte ich nicht, mich zu kratzen, denn wenn die Schonzeit vorbei war, würde Jenniges die falsche Bewegung zum Anlass nehmen, mich nach vorn zu rufen, damit ich mit dem Rücken zur Tafel das Gedicht aufsagte. Meine Faulheit würde auffliegen und auch mein Nikotinatem. Nach der Morgenzigarette hatte ich das Pfefferminzbonbon vergessen, und Jenniges rückte einem Prüfling gern auf die Pelle. Havenstein schwitzte vom bloßen Rumstehen. In meiner Nase kribbelte es. Wenn ich jetzt nieste, war ich erledigt.

Tauchstation!, flüsterte Jenniges laut.

Alle durften noch einmal tief einatmen und mussten dann die Luft anhalten. Wer – nach Ansicht des Lehrers – als erster aufgab, es nicht mehr aushalten konnte, zu ersticken glaubte, hatte und war verloren, wenn er *Die Bürgschaft* nicht vortrug wie Schiller höchstpersönlich.

Havenstein sagte die Ballade auf wie Max ohne Moritz, wie Dick mit einer Extraportion Doof.

Er habe sich in jämmerlichster Weise an großer Kunst vergriffen, sie mit Verachtung gestraft und geschändet, lautete Jenniges' Fazit nach dem Vortrag. Dafür müsse er, Havenstein, büßen: entweder *Die Bürgschaft* bis zum nächsten Tag fünfmal abschreiben oder Tinte saufen; blaue, schwarze oder rote, freie Auswahl. Der Oberstudienrat öffnete seine Lehrertasche, kramte darin herum, bis nach und nach drei Tintenfässer ordentlich sortiert auf seinem Pult standen.

Nun?

Havenstein stand ergeben da und dachte nach. Jenniges entfernte ein Stäubchen von seiner Jacke, blies es kunstvoll davon, verschob geduldig die Position der Fässchen; mal stand das rote ganz links, dann das schwarze, dann das blaue. Ach, sagte der Lehrer und gestand, seine Lesebrille auf dem Beifahrersitz seines Wagens vergessen zu haben. Ob jemand mal so freundlich? Nicht nur die Hände der Streber flogen in die Höhe.

Jenniges spazierte, während Havenstein überlegte und überlegte, in der Klasse herum, scheinbar unschlüssig, welchen Freiwilligen er auswählen solle. Ich erschrak, als ich seine Hand auf meiner Schulter spürte.

Matthes, wie wär's mit dir?

Ich hatte mich nicht gemeldet. Jenniges hatte mich noch nie mit Vornamen angesprochen. Das war das Privileg der Aufsatzhelden, Vortragskünstler und Grammatik-Asse. Und, unfassbar, er hatte nicht das eigentlich angebrachte Matthias verwendet, sondern mich rheinisch Matthes genannt, als stehe er mir nahe, als verbinde uns etwas Freundschaftliches, Herzliches. Während er den Fahrzeugschlüssel aus seinem Schlüsselbund löste, fragte er mich, ob ich seinen Wagen kenne.

Jeder kannte den. Ein Mercedes mit Goldbronze-Lackierung. So eine Karre gab es kein zweites Mal weit und breit. Ein Schlitten für Playboys und Filmschauspieler. Für den Schah von Persien, den Ölscheich von Saudi-Arabien. Alle anderen Autos auf dem Lehrerparkplatz wirkten dagegen armselig und farblos, auch wenn sie rot oder blau waren.

Mein Herz schlug schnell, als ich den Wagen aufschloss, den Leder- und Rasierwassergeruch einatmete. Obwohl ich nur den Willen des Besitzers ausführte, kam ich mir wie ein Einbrecher vor.

Havenstein hatte sich gewaltig geschnitten, wenn er dachte, dass es für diesen Tag genug sei. Zwar wurde ihm in der nächsten Stunde ausreichend Gelegenheit geboten, mal durchzuatmen, sich zurückzulehnen, die eklige Tinte in Ruhe zu verdauen, aber erholsam war diese Ruhephase sicher nicht für ihn.

Diplomsportlehrer Sandor Tóth, ausgesprochen Schandor Tott, die falsche Aussprache seines Nachnamens (Herr Tot) wurde mit speziellen Quälereien an Barren und Seitpferd geahndet, musste sich wegen seines starken Bartwuchses bestimmt dreimal am Tag rasieren. Auch seine Arme und Beine waren von dichtem schwarzen Pelz befallen. Darüber hinaus verstand er keinen Spaß, wenn man die Sportsachen, weiße Turnschuhe, rote Turnhose, vergessen hatte. Tóth war vor den Kommunisten in Ungarn geflüchtet, hatte aber deren erlesene Bosheiten in die freie Welt unseres Gymnasiums mitgenommen.

Der vergessliche Havenstein mit seinen tintenschwarzen Lippen musste auf einem Stuhl in der Mitte der Halle Platz nehmen. Tóth forderte ihn auf, es sich gemütlich zu machen, sich zu entspannen und das folgende Schauspiel zu genießen.

Statt Ballspielen standen dank Havenstein gymnastische Torturen auf dem Programm, von Tóth beschönigend Aufwärmtraining genannt. Hochgeschwindigkeits-Tiefgehen, Klimmzüge en masse, Rollen vor- und rückwärts auf dem harten Hallenboden. Dazu mussten wir Tóths Lieblingslied brüllen. *Wir lagen vor Madagaskar und hatten die Pest an Bord.* Hochrot oder leichenblass verschwitzt, je nach Temperament, umkreisten wir Havenstein im schnellen Kriechgang, robbten, torkelten an ihm vorbei, angetrieben von Tóths unablässigem Getriller. *In den Kesseln, da faulte das Wasser, und täglich ging einer über Bord.* Havenstein versuchte abzuhauen. Wir fingen ihn auf Befehl ein, stießen ihn grob zurück auf seinen Thron. Liegestutz, kommandierte der Ungar in seinem eigenen Deutsch. Funfzisch Stuck! Nock eins un nock eins! Durch Zurufe, Blicke und Handzeichen gaben wir Havenstein zu verstehen, auf welche Arten der Hinrichtung er sich bei Beginn der großen Pause ganz besonders freuen konnte.

3

Vater schwor, Leni nie wieder etwas anzutun. Eher würde er sich die eine Hand mit der Axt abhacken, die andere unter die Kreissäge legen. Zum ersten Mal sah ich ihn weinen.

Leni trug keine Sonnenbrille mehr, ihr blaues Auge, ihr Veilchen, war verblasst. Schniefend fütterte Vater den Ofen im Wohnzimmer mit Kohlen und Briketts. Das Radio spielte Sonntagsschlager und meldete die Halbzeitergebnisse der Fußball-Oberliga West. Meiderich führte vier zu null gegen Marl-Hüls. Ich wusste, dass der Titicacasee in Südamerika lag. Der westliche Teil des Sees gehörte zu Peru, der östliche zu Bolivien. Meiderich und Marl-Hüls hatten wir in Erdkunde nicht durchgenommen. Auch Hamborn und Sodingen nicht. Der Zwischenstand dieser Paarung lag noch nicht vor, der Radiosprecher bat um Verständnis.

Leni tröstete Vater mit Küssen und Worten. Alles vergessen, kann doch jedem mal passieren. Es war ja auch mein Fehler. Du siehst doch tausendmal besser aus als der Curd Jürgens!

Den Namen will ich hier nie mehr hören!, antwortete Vater, fast schon wieder ein wenig bedrohlich. Aber dann zauberte er ein Geschenk nach dem anderen herbei. Zehn rote Rosen. Pralinen, eine Flasche Sekt. Neuen Christbaumschmuck. Und sogar an mich hatte er gedacht, aber nicht an meine Jeans. Er machte mich zum Besitzer eines Schweizer Messers. Stolz, als hätte er es erfunden, demonstrierte er nacheinander die eingebauten Werkzeuge: Klinge, Dosenöffner, Korkenzieher, Schere, Feile, Nagelreiniger und Pinzette. Kaum hatte er mir das Wunderwerk in die Hand gedrückt, sah ich die Gebrauchsspuren. Ein Fundstück. Oder für den Preis eines gebrauchten Taschentuchs gekauft.

Neue Sektgläser hatte der Zauberer nicht im Programm, die waren immer noch Mangelware. Silvester war nicht nur der Weihnachtsbaum aus dem Fenster geflogen.

Leni schmeckte der Sekt auch aus einem Wasserglas. Es dauerte nicht lange, und sie hatte rote Wangen, wurde plapperig. Wie gut es uns gehe, und dass sie noch nie im Leben so schöne Rosen gesehen habe. Sie schaltete die Wohnzimmerleuchte aus, forderte Vater auf, mit ihr zur Radiomusik zu tanzen.

Schatten an den schrägen Wänden des Zimmers. Meine Eltern tanzten eng und verträumt. Vater turtelte, flirtete mit der eigenen Frau. Ich nutzte die Gelegenheit und trank Sekt aus der Flasche. *Das machen nur die Beine von Dolores*, sang der Sänger. Ich dachte an die langen Beine im Neckermann-Katalog. Vater fasste Leni an den Po. Zischen im Ofen, Poltern und das Geräusch von splitterndem Glas in der Wohnung über uns. Der sonst lautlose Holtschmidt störte kurz die Sonntagsruhe.

Er wohnte seit einem Jahr im Haus, trug meistens eine Aktentasche bei sich und sonst vorwiegend Beige. Er grüßte knapp, wenn überhaupt, und hüllte sich darüber hinaus in Schweigen. Der abgenutzte Motor seines Opels weckte morgens um halb sechs die ganze Straße. Jupp wollte beim Frühschoppen in *Addis Pilseck* gehört haben, der Mitbewohner sei, was auch immer das war: Chemielaborant. Mehr wusste keiner über ihn. Selbst Grete, die sonst alles rauskriegte, stand vor einem Rätsel. Komischer Heini, wenn der mal kein Spion für den Osten ist.

Der Sekt perlte in meinem Bauch und in meinem Kopf. Erst, als Nachrichten gesendet wurden, hörte die Tanzerei auf. Du wirst von Tag zu Tag jünger und schöner, mein Schatz, sagte Vater und liebäugelte leidenschaftlich. Ich bin verrückt nach dir wie am ersten Tag. Hab dich gar nicht verdient. Überhaupt nicht.

Ich hatte genug von seinem Geschwätz und machte mich auf den Weg zu meinem Grönlandzimmer. Dort gab es keinen Ofen, da blühten die Eisblumen von November bis Ende März.

Moment, sagte Leni, hab ganz vergessen, dir das Geschenk zu geben. Ich muss unbedingt was tun gegen meine Vergesslichkeit. Hab gelesen, Knoblauchpillen sollen gut sein. Aber die schmecken bestimmt eklig.

Geschenk?, sagte ich, und mein Herz schlug etwas höher. Nach dem tollen Schweizer Messer war jede Steigerung möglich.

Leni erzählte vom Einschreiben ihres Bruders Hannes, das gestern angekommen sei. Zuerst habe sie einen Schreck bekommen, denn Einschreiben bedeuteten meist nichts Gutes. Diesmal aber doch!

Mein Onkel hatte es im Leben zu was gebracht. Bestens eingeheiratet, war er Geschäftsmann in Lindau am Bodensee geworden, Damenoberbekleidung. Dringende Angelegenheiten in Österreich und der Schweiz, so Leni weiter, hätten meinen Onkel davon abgehalten, mir rechtzeitig zum Geburtstag zu gratulieren. Und dass er uns alle zu sich in den Süden einlade, nach Bayern, am besten in den Sommerferien.

Dann der Satz der Sätze: Als verspätetes Geburtstagsgeschenk hat er einen Fünfziger für dich beigelegt. Deshalb der eingeschriebene Brief.

Jetzt war mein Herz zur Stelle und zeigte, was es konnte. Das Geld würde ich in eine Blue Jeans und in Christel investieren, da musste ich nicht lange überlegen.

Die beschwipste Leni fuhr mit den Fingern durch Vaters dichtes, zurückgekämmtes Haar. Anscheinend merkte sie nicht, dass es brenzlig wurde. Vaters Gesichtsausdruck hatte sich völlig verändert. Er konnte seinen Schwager nicht ausstehen. Ein Angeber war der für ihn, und die Modebranche so was Ähnliches wie das Puffgewerbe.

Sei nicht wieder böse, Schatz, aber ich würd mir wirklich gern eine Arbeit suchen, sagte Leni, sprunghaft von Bayern zurück nach Nordrhein-Westfalen.

Dann hätten wir bald einen Fernsehapparat und vielleicht ein kleines Auto. Und das mit der Krise in deiner Firma wäre auch nicht so schlimm.

Zack, war die Versöhnungsfeier beendet. Vater stieß Leni mit beiden Händen von seinem Schoß, so heftig, dass sie beinahe hinfiel.

Willst du mich vor allen Leuten lächerlich machen? Sollen die mich für einen Schlappschwanz halten, der seine Familie nicht allein ernähren kann?

Das Radio tat, als wäre nichts geschehen. Es spielte weiter Liebeslieder.

Vater übertönte die Musik mit seinem Geschrei. Gegen die stürmisch gedrückte Türschelle kam er jedoch nicht an.

Herr Welter, Vaters Vorgesetzter in der Fabrik, unfähig und überbezahlt, wie wir wussten, sagte, dass etwas furchtbar schief laufe während der Sonntagsschicht. Vater war Vorarbeiter, Experte, ohne ihn konnten sie einpacken. Er war nicht nur rechte Hand, er war im Gegensatz zu Herrn Welter auch Hirn. Das erzählte er uns nicht selten, Leni strahlte ihn dabei an.

Der Vorgesetzte sprach hektisch von einer üppigen Zulage im Erfolgsfall, während er Leni mit Röntgenaugen verschlang, und dass sein Wagen mit laufendem Motor vor der Haustür stehe. Vater warf sich in Mantel und Schuhe, sagte Jawohl und Jawoll und Herr Welter und Sofort. Und dass er, keine Sorge, die verflixt verrutschte Bohrung schon in den Griff kriegen werde.

Die Sportfreunde Hamborn 07 blieben *nach einem überharten Schlagabtausch mit dem SV Sodingen weiterhin in Tuchfühlung mit dem Tabellenkeller*, meldete das Radio. Die bisher sportlich forsche Stimme des Sprechers klang bedauernd. Vielleicht kam er aus Hamborn, wo auch immer das war.

4

Havenstein heftete sich an meine Fersen, folgte meiner Fährte, um mit Karl May zu sprechen. Er war hinter mir her mit seiner Dankbarkeit, ließ nicht locker. Wenn ich mit einem nicht gesehen werden wollte, war er es. Ich schüttelte ihn ab, und schon war er wieder da.

Inzwischen bereute ich, nach der Sportstunde aufs Klo gegangen zu sein, um eine zu qualmen, statt ihn wie der Rest der Klasse mit gelbem und braunem Schnee zu mästen, ihn anzuspucken und zu vermöbeln.

In meiner Schultasche fand ich ein Buch mit den Fotografien eines Naturforschers. Der hatte seine Aufmerksamkeit nicht der Schönheit des Regenwaldes und der Steppe geschenkt, sondern den dort lebenden unbekleideten Schönheiten.

Havenstein legte nach, diesmal mit *Aktstudien aus dem jungen Paris*. Die Bücher hatte er bestimmt seinem Vater geklaut. Der verdiente sein Geld mit einer Leihbücherei. Für ein paar Pfennige konnte man sich dort mit Romanen, Zeitschriften, Cowboy- und Soldatenheften eindecken. Leni gehörte auch zur Kundschaft. Manchmal schickte sie mich mit einer Liste los. *Angélique – Hochzeit wider Willen. Unbezähmbare Angélique. Oberarzt Doktor Willemsen und Schwesternschü-*

lerin Martha – Liebe besiegt jeden Widerstand. Havensteins Vater war unsympathisch überfreundlich. Er hatte eine Glatze wie ein schlecht gerupftes Hähnchen und rauchte stinkende Zigarren.

Als Havenstein mir kurz nach den Pariser Aktstudien mit einem Fotoband namens *Däninnen ohne Hüllen und Tabus* nachstellte, sagte ich: Lass mich verdammt noch mal in Ruhe! Was willst du eigentlich?

Wir könnten was zusammen machen, antwortete er.

Was zusammen machen? Was denn?

Havenstein dachte nach. Straßenbahnen fuhren hin und her, im Standesamt wurden Ehen geschlossen, nebenan vor Gericht wieder geschieden, es wurde geboren und beerdigt, Tauwetter setzte ein, Weihnachten, eben erst vorbei, rückte näher, auf der Welt brachen dreizehn Kriege aus.

Eine Bank überfallen, sagte Havenstein endlich ohne die Spur eines Lächelns. Oder Jenniges killen, tagelang und qualvoll. Irgendwo im Wald, in einer Höhle. Danach Pip und Tóth. Wir könnten eine astreine Mordserie starten!

Damit vielleicht?, sagte ich und holte das Schweizer Messer aus meiner Jackentasche. Ich war bisher nicht dazu gekommen, es auf den Müll zu werfen oder in den Bach, der sich, verseucht von den Beigaben anliegender Fabriken, mitten durch die Stadt quälte.

Havenstein war übergewichtig und behäbig, ein Plumpsack. Bei der kleinsten Aufregung kriegte er eine rote Birne, das große Zittern und kalte Schwitzen. Er ging jedem Zweikampf aus dem Weg, war eine Witzfigur beim Bockspringen, ein trauriger Clown am Reck. Einen perfekteren Bankräuber und Serienmörder hatte die Welt noch nicht gesehen.

Nicht schlecht, sagte Havenstein und prüfte nacheinander die verschiedenen Funktionen der Schweizer Wunderwaffe.

Kannst du haben, sagte ich gnädig. Ich nehm dann die Däninnen, wenn es unbedingt sein muss. Und ab jetzt lässt du mich in Ruhe, kapiert?

Postkartengroße, gerahmte Schwarzweiß-Fotos von Marilyn Monroe, Kuss- und Schmollmund, hingen hier und da, umspielten den Aufruf *Neue Kommunionsanzüge eingetroffen!* Nyltesthemden mit kurzem und langem Arm türmten sich bis an die Decke. *Neuheit! Gebundene Krawatten mit Gummizug – Kein lästiges Knoten mehr!*

Der Inhaber des Ladens trug Bügelfaltenhose, karierte Weste und ein abgenutztes Lächeln. Am Ziel meines Wunsches fühlte ich mich plötzlich ernüchtert, fehl am Platz.

Bei Herrenmoden Kleber hießen Blue Jeans *Texashosen*. Auch das Wort *Nietenhosen* fiel ungestraft. Exakt zwei Stück, sagte Herr Kleber missmutig, seien auf Lager. Mehr nicht, die Nachfrage sei zu gering.

Die eine Jeans hätte tadellos einem ausgewachsenen Elefantenbullen gepasst, die andere orientierte sich an den Maßen eines Hungerkünstlers.

Ob ich mich nicht mit einem zeitlos schicken Knickerbocker anfreunden könnte?, fragte Kleber. Äußerst kleidsam! Er hantierte mit einem Maßband herum, bereit, mich in einen modisch unterbelichteten Assistenten von Nick Knatterton zu verwandeln. Ich trat einen Schritt zurück.

Und weiße T-Shirts?

Kleber musste nachdenken, was ihm sichtlich wenig Vergnügen bereitete.

Meinst du vielleicht – Unterhemden? Die führe er in jeder Größe, doch nur gerippt. Ich wollte aber ein T-Shirt wie Marlon Brando, ohne Fein- oder Doppelripp.

Die Ladenglocke schrillte, ein junges Paar trat streitend ein. Klebers Mitarbeiterin, Ton in Ton und Dutt, kam hinter einem Vorhang hervor und bot ihre Dienste an.

Mein Mann braucht ein neues Hemd, sagte die Frau. Am besten ein Nyltesthemd. Die sind doch bügelfrei, oder?

Ich brauch kein neues Hemd, sagte der Mann gereizt.

Braucht er doch!, sagte die Frau.

Absolut bügelfrei, sagte die Verkäuferin und wies auf die aktuelle Sonderaktion hin. Beim Kauf von vier Nyltesthemden kriegte man ein fünftes geschenkt.

Ich ging mit der Jeans für Klappergestelle in die Umkleidekabine. Der Einstieg in die Hose gelang, das Hochziehen bis zur Hüfte mit Anstrengung auch, aber dann war Endstation. Ich konnte die Luft anhalten, den Bauch einziehen soviel ich wollte, ich kriegte die Hose nicht zu. Sie war mindestens zwei Nummern zu eng.

Ich nehm sie, sagte ich.

Der Ladeninhaber reagierte nicht. Er hörte angestrengt dem Mann zu, der kein Kunde sein wollte.

Nyltest fühlt sich an wie Plastik, sagte der. Und es knistert so abscheulich. Und wenn man schwitzt, klebt das scheiß Zeug fest –

Wann schwitzt du denn schon mal?, antwortete seine Frau. *Du* hast die Arbeit bestimmt nicht erfunden!

Kleber mischte sich ein.

Hand aufs Herz, mein Herr! Bügeln Sie oder bügelt Ihre Frau Gemahlin?

Halts Maul, Hosenscheißer, sonst bügel ich dir eine rein, sagte der Mann und trat einen Berg aus preisgünstigen Nyltesthemden um. Die Verkäuferin kreischte, der Ladeninhaber gab mit Gebrüll bekannt, im Krieg eine Ausbildung im Nahkampf absolviert zu haben. Mit Auszeichnung! Red kein Blech, antwortete der Nyltestverächter. Komm doch, du Würstchen!

Seine nyltestbesessene Frau wechselte die Seiten, lief zu ihm über. Sie machte Wind mit ihrer Handtasche, schrie: Ja, komm doch!

Die Verkäuferin griff zu einem Brieföffner und hielt ihn wie eine Stichwaffe. Herr Kleber versuchte schnaufend, verschiedene Griff- und Tret-Techniken an den Mann zu bringen. Nach den Nyltesthemden gerieten nun auch sauber gestapelte Winterpullover in Unordnung. Mühelos und unbemerkt hätte ich die halbe Bude ausräumen können, aber die Versuchung war keine für mich. Nur für die Jeans konnte ich mich erwärmen. Ohne dass mein Fünfziger Schaden nahm, machte ich mich aus dem Staub.

Am nächsten Morgen waren zwei Polizisten da. Einer baute sich vor der Tür des Klassenzimmers auf, um den Fluchtweg zu versperren. Er stemmte die Hände in die Hüften und warf böse Blicke, als säßen besonders schwere Jungs vor ihm. Der zweite Beamte, offenbar der Einsatzleiter, flüsterte resolut auf den Mathelehrer ein.

In der Klasse war es still wie auf *Tauchstation*. Und das alles wegen einer Hose, die so knalleng war, dass sie mir nie im Leben passen würde. Bei Vater würden garantiert sämtliche Sicherungen durchbrennen, wenn er erfuhr, was ich verbrochen hatte, und Leni hörte ich schon sagen: Ich bin nicht mehr deine Mutter.

Neben mir kratzte sich Havenstein seinen gerade verheilten Pickel wieder blutig. Vielleicht hatte er sich auch bei Kleber oder anderswo bedient.

Meine Zunge fühlte sich an wie Schmirgelpapier. Wenn man sich rechtzeitig stellte, konnte sich das strafmindernd auswirken, hatte ich gehört. Doch bevor ich geständig den Arm heben konnte, informierte uns der Einsatzleiter, unsere Jacken und Mäntel auf dem Flur seien bereits durchsucht, jetzt sollten alle ihre Schultasche geöffnet vor sich auf die Bank stellen, um die Maßnahme zu erleichtern. Auch die Hosentaschen würden einer Kontrolle unterzogen. Wer nicht kooperiere, mache sich verdächtig und werde sofort inhaftiert. Alle aufstehen!

An der Decke fing eine Lampe nervös an zu flackern. Allmählich wurde es draußen hell. Der Mathelehrer saß mit gefalteten Händen hinter seinem Pult. Er schien nicht mehr damit zu rechnen, eine Antwort auf die Frage zu erhalten, ob der Graph der gegebenen Funktion symmetrisch sei. Ich hätte gern eine Antwort auf die Frage gehabt, wie man eine Jeans in der Hosentasche verstecken konnte, selbst wenn es sich um so ein schmächtiges Exemplar handelte, wie ich es erbeutet hatte. Und wo war Kleber, zwecks Identifizierung des Täters? Er brauchte doch bloß mit dem Finger auf mich zeigen und schon war Schluss mit der Razzia, der Staatsaktion.

Statt des Belastungszeugen tauchte Jenniges auf. Er war Havensteins Mordserie also noch nicht zum Opfer gefallen. Der Oberstudienrat lebte, auch wenn er aussah, als würde er jeden Moment abkratzen. Mit offenem, schneebedecktem Mantel, die Haare wirr, eilte er fahrig von hier nach da, mit

Augen, denen anscheinend alles Grauen, das die Welt zu bieten hatte, eben erst begegnet war.

Die Polizisten merkten kurz auf, gingen dann aber weiter ihrer Arbeit nach, von der Jenniges nicht viel zu halten schien. Er ermittelte auf eigene Faust. Dabei setzte er eine seiner Spezialmethoden ein: *das wortlose Augenverhör.* Auge in Auge mit dem Oberstudienrat, galt man nach der Spielregel als überführt, geständig, zur Strecke gebracht, sobald man seinem starren Blick auswich.

Mit Havenstein gab er sich nicht lange ab, er entließ ihn nach kurzem Fixieren. Ihm traute er keine Tat zu, schon gar keine Untat. Mir wohl umso mehr. Um zusätzlichen Druck auszuüben, kam Jenniges mir fast hautnah. Ich konnte seinen Pfeifenraucheratem riechen, sein Aftershave, vor allem die Ausdünstungen seiner grenzenlosen Wut.

5

Jupp rang in der Wohnung unter uns panisch nach Luft. Nicht nur seine Erstickungsanfälle, auch andere Krankheitsgeschichten hatten sich während der Kur verschlimmert. Ich sterb jetzt ganz gemütlich vor mich hin, hatte er bei seiner Heimkehr gesagt und dabei gelächelt. Weihnachten könnt ihr ohne mich feiern. Da riefen alle, er sei bekloppt, hundert Jahre werde er alt, wenn nicht mehr.

Im Wohnzimmer brannte Feuer im Ofen, obwohl kein Sonntag war. Ich hatte es angezündet. Vater hatte Spätschicht, Leni auch. Sie arbeitete seit einer Woche als Wirtschafterin bei Frau von Königsdorff. Die hatte in jedem Zimmer einen Fernsehapparat, sogar im Bad. Das war so groß wie unsere ganze Wohnung.

Und Herr von Königsdorff?, hatte Vater misstrauisch gefragt. Hat der dir jedes Zimmer gezeigt? Auch das Schlafzimmer?

Als Oberstleutnant der Luftwaffe über London abgeschossen, antwortete Leni. Frau von Königsdorff ist Kriegerwitwe.

Friede seiner Asche, sagte Vater und hatte auf einmal gute Laune.

Als ich Christel an der Bushaltestelle den Schein zeigte, drehte sie den von rechts nach links, als hätte sie noch nie einen Fünfziger gesehen. Fehlte nur noch, dass sie das Kleingedruckte las, die Androhung von langjähriger Haftstrafe bei Fälschung.

Hast du den geklaut?, fragte sie.

Hast du heute Abend Zeit?, fragte ich zurück.

Leni hatte Reisbrei gekocht, dazu Sauerkirschen eingedickt. Wenn ich jemals in meine Blue Jeans passen wollte, musste ich verzichten lernen.

Ich duftete frischrasiert, die Zähne glänzten. Aber meine Hände waren kalt vor Nervosität. Ich wärmte sie dicht über dem Ofen. Um mir die Wartezeit zu vertreiben, schaltete ich das Radio ein. *Bundespräsident Heinrich Lübke ist mit seiner Frau Wilhelmine zu einem zwölftägigen offiziellen Besuch in Westberlin eingetroffen. Zum Wintersport: Marika Kilius und Hans-Jürgen Bäumler, die deutschen Meister im Paarlaufen, werden heute in Garmisch-Partenkirchen –*

Es klopfte.

Unter uns hustete sich Jupp um den Verstand. Grete sei beim Fernsehabend, sagte Christel. Über uns gab Holtschmidt eines seiner seltenen Lebenszeichen von sich: er räusperte sich.

Ich hab ne nagelneue Blue Jeans. Willst du die mal sehen?

Nö.

Christel hatte Lippenstift benutzt und auch was Aufregendes mit ihren Augen angestellt. Sie trug die Haare diesmal lose. Und sie war einverstanden. Aber vorher musste ich auf Gott schwören.

Ich schwöre, sagte ich.

Christel bestand darauf, dass ich das Kreuz von der Wand nahm, den Jesus aus Metall anfasste und dabei sagte: Ich schwöre bei Gott, dass ich ihn rausziehe, bevor es zu spät ist.

Wenn du deinen Schwur brichst, landest du in der Hölle, in der ewigen Verdammnis, sagte Christel und legte sich Probe aufs Sofa. Bei unserem funktionierten die Sprungfedern tadellos. Jupp hustete, bellte, röchelte.

Nivea, sagte Christel.

Wie, Nivea?

Mein Gott, ich muss ihn eincremen. Wegen dem besseren Gleiten.

Ich ließ mich gern eincremen.

Christel zog sich nicht vor meinen Augen aus, sondern in der Küche. Damit sie sich nicht erkältete, legte ich Briketts nach. Noch hatte ich, soviel ich wusste, keinen Meineid geschworen, war frei von Todsünde.

Dr. Blatz hatte uns in der vergangenen Woche aufgeklärt. Vögeln nannte er Fortpflanzung. Nach einer Viertelstunde war das Thema für ihn erledigt gewesen. Er fragte uns, ob wir noch Fragen hätten. Wir hatten keine, ich sowieso nicht.

Von Blatz ging keine Gefahr aus. Er war kein Kandidat für eine Racheliste, sondern unser Vertrauenslehrer. Ich wäre nie auf die Idee gekommen, mich einem Lehrer anzuvertrauen, aber wenn, dann Blatz. Er hatte schüttere weiße Haare, immer ein tiefrotes Gesicht, und er war der einzige Lehrer, der uns mit Vornamen ansprach. Er rief nur die auf, die aufzeigten. Wer schlafen wollte, konnte das ungestört tun, mit einer Fünf oder Sechs wurde er trotzdem nicht bestraft.

Im Biologiesaal roch es wie in einer Kneipe. Blatz rauchte während einer Unterrichtsstunde drei bis vier Zigaretten. Die Glasscheiben des Schranks mit den ausgestopften Tieren und den getrockneten Pflanzen waren braun von Nikotin, das

Anatomie-Skelett, das sich krampfhaft am Schrank festhielt, litt ebenfalls unter Verfärbung. Als ich mir auch mal eine anstecken wollte, unterband der Lehrer dies in ungewohnt scharfem Ton.

Am Morgen dieses nebligen Tags Ende Januar saß er wie gewohnt auf seinem Pult und ließ die Beine baumeln. Seine Socken waren zu kurz für diese Sitzhaltung, Kniestrümpfe wären vorteilhafter gewesen. Die dünnen Waden hatten sich der sonstigen Überfettung widersetzt. Nachdem er seine Brille mit einem großen Stofftaschentuch geputzt und sich der Nähe des Aschenbechers vergewissert hatte, führte er uns in die Grundlagen der Vererbungslehre ein.

Wenn jemand ein weißes und ein schwarzes Elternteil hat, sagte er, nennt man ihn einen Mulatten. Dieser Mischling übernimmt alle schlechten Eigenschaften sowohl des weißen als auch des schwarzen Elternteils. Spätestens im frühen Erwachsenenalter werden Mulatten kriminell und zu einer großen Gefahr für die Gesellschaft. Das sind wissenschaftliche Fakten, meine Herren, die auf jahrzehntelangen, seriösen Studien beruhen. Daher muss eine Vermischung der Rassen unbedingt verhindert werden.

Und Mestizen?, fragte jemand. Sind die auch gefährlich?

Ohne anzuklopfen stürmte der Direktor in Begleitung von zwei Polizisten in den Saal. Es waren andere als die, die unsere Sachen durchwühlt und uns abgetastet hatten. Der Schüler Havenstein wurde aufgefordert, alles stehen und liegen zu lassen und mitzukommen.

6

Das Endspiel um die deutsche Fußballmeisterschaft fand Mitte Mai statt. Obwohl sechzig Kilometer vom Dom entfernt, waren wir an diesem Sonntag alle Kölner. Nicht Meiderich, Schalke oder Dortmund und schon gar nicht Marl-Hüls waren Meister der Oberliga West geworden und hatten sich für die Endrunde qualifiziert, sondern der rot-weiße 1. FC Köln.

Vater kam vom Pinkeln hinter dem großen Brennesselstrauch zurück. Er hatte schon einiges intus. Zur Feier des Tages trug er ein rotes Hemd mit weißen Punkten und gab bester Laune Geräusche von sich wie ein Ziegenbock, dem Wappentier der Kölner.

Die Rheinländer trafen auf den 1. FC Nürnberg. Harter Brocken, sagte Jupp. Wir müssen dagegenhalten mit allen Schikanen. Die Nürnberger waren nach seiner Rechnung schon achtmal deutscher Meister geworden, die Kölner: Fehlanzeige.

Wir saßen unter dem fast abgeblühten Pflaumenbaum im langgezogenen Garten hinter dem Haus. Es roch nach Kaninchenstall. Der stand überdacht und mit Fliegengitter versehen in der Nähe herum. Die Kaninchen, Belgische Riesen, dösten in ihrer Einzelzelle. Den Rammlern hatte Jupp die Vornamen bekannter deutscher Schauspieler gegeben, Heinz, Hans und Curd, die hochschwangere Piroschka nach dem Titel seines Lieblingsfilms benannt.

Holtschmidt schaute aus dem Fenster auf uns herab. Als mein Vater ihn einlud, auf ein Bier herunterzukommen, verzog er sich schnell, wie beim Spionieren ertappt.

Nach vielen Regentagen schien endlich mal die Sonne, Schatten war Mangelware. Neben Handtüchern und Hemden trocknete Christels Unterwäsche windstill an der Leine. Sie machte mich rappelig, ich durfte gar nicht hinsehen. Bierflaschen wurden in Eimern mit kaltem Wasser gekühlt. Das Radio, das an Verlängerungskabeln hing, würde uns mitten unter die dreiundachtzigtausend Zuschauer im ausverkauften Berliner Olympiastadion bringen. Noch fünfundzwanzig Minuten bis zum Anstoß, hörten wir. Bis dahin Musik. Billy Mo sang *Ich kauf mir lieber einen Tirolerhut, der steht mir so gut.* Jupp rauchte und hustete. Schon wieder zwei Kilo abgenommen, es ist ein Drama, sagte er mit seiner verschlissenen Stimme. Bald passt mir nur noch Kindergröße.

Ich dachte an meine Blue Jeans und wäre glücklich über einen dramatischen Gewichtsverlust gewesen.

Vater holte mit einer Kugel aus seinem Luftgewehr einen Spatz vom Himmel, der sich dann zu seiner Verärgerung als Singvogel herausstellte. Nachdem er in zwölf Meter Entfernung zwei leere Flaschen auf einen großen Bruchstein gestellt hatte, reichte er die Waffe an mich weiter. Ich brauchte fünf Versuche für einen Zufallstreffer. Immerhin, sagte Vater und drückte mir ein Bier in die Hand. Grete servierte Brötchen mit Mett und Zwiebelringen, dazu ein Glas Gewürzgurken. Unter normalen Umständen hätte ich vier bis fünf Brötchen verdrückt, mir zu Vaters großem Ärger ein Wettrennen mit ihm geliefert, aber jetzt waren mir die Jeans wichtiger als meine Fresslust. Setz dich zu uns, sagte Jupp zu seiner Frau. Doch Grete hatte es noch nie mit Fußball.

Auch Leni fehlte am Endspielsonntag. Sie war deswegen aber nicht traurig, die Arbeit und das Geldverdienen machten ihr Spaß, wie sie oft sagte. Frau von Königsdorff gab eine Soiree. Das ist eine Abendgesellschaft, hatte Leni erklärt und Einblick in die Speisekarte gegeben: Froschschenkel, Schildkrötensuppe, natürlich Kaviar. Die Vorbereitungen würden den ganzen Tag dauern.

Die Russen haben es richtig gemacht und die adeligen Herrschaften an die Wand gestellt, sagte Jupp. Hätten wir auch tun sollen. Aber der Deutsche kriecht ja gern vor den Herrschaften auf dem Bauch. Nur bei Schwächeren haut er drauf.

Brems dich mal, sagte Vater. Du redest wie ein verdammter Kommunist.

Kriech du nur vor deinem Adenauer, antwortete Jupp und machte ein Gesicht, als sei die Gurke, in die er gerade biss, so alt wie der uralte Bundeskanzler.

Der Adenauer, da kannst du sagen, was du willst, ist nicht schlecht, sagte Vater.

Gut wär aber besser, sagte Jupp.

Um ihn nicht noch mehr aufzuregen, erzählte ich nicht, dass Frau von Königsdorff drei Telefone hatte. Eins in ihrem Ankleidezimmer, genannt Boudoir, eins im Wohn- und eins im Schlafzimmer. Lenis Chefin telefonierte oft stundenlang nach Argentinien, wo ihre Schwester mit einem millionenschweren Rinderzüchter verheiratet war.

Ich hätte den Kaninchen keinen Namen geben sollen, sagte Jupp. Da fällt einem das Schlachten schwer.

Du wolltest doch keinen Braten aus ihnen machen, antwortete Vater.

Stimmt. Aber es wird mir alles zuviel. Das Futterholen, das Saubermachen, alles. Und im Winter die teuren Möhren, das Heu. Grete und Christel hätten sowieso lieber eine Katze.

Dann übernehm ich das mit dem Futter und so weiter, sagte ich und sah mich schon als Lebensretter. Da kam Christel, um die Wäsche von der Leine zu nehmen und in einen Korb zu stopfen. Sie trug ein schönes geblümtes Kleid. Christel sah an mir vorbei, durch mich hindurch. Im Radio sang einer *Heile, heile Gänsje.* Der Sänger sei eigentlich Dachdeckermeister, sagte der Sprecher anschließend.

Wär ich auch gern geworden, sagte Vater. Immer an der frischen Luft, und unter dir ist alles klein. Aber nach dem Krieg konnte man es sich nicht aussuchen. Bin in die Fabrik reingerutscht und hab den Ausgang nicht mehr gefunden.

Sei froh, antwortete Jupp. Gretes jüngster Bruder ist mit einundzwanzig vom Dach gefallen, da war er gerade frisch verheiratet.

Ich schaute Christel bei der Arbeit zu, beim Straffen und Bücken. Wie man hörte, hatte sie jetzt einen festen Freund. Einen von der Bundeswehr. Berufssoldat mit rotem Motorroller und aus Westfalen. Jupp, der das Militär und die Westfalen nicht leiden konnte, wollte jetzt doch nicht gemütlich vor sich hinsterben, sondern durchhalten und nicht seine Einwilligung geben, falls da vor Christels einundzwanzigstem Geburtstag Heiratspläne im Anmarsch waren.

Darf ich heute Abend raus?, fragte Christel ihren Vater.

Mit diesem Heini?

Er heißt Horst!

Dämlicher Name! Nein, du bleibst schön zu Haus, Frollein.

Ich bin auch Punkt zehn zurück, versprochen!

Die Mannschaftsaufstellungen wurden feierlich verlesen. Im Tor des 1. FC Köln Fritz Ewert. Fritz Ewert, sagte Jupp. In der Verteidigung mit der Nummer 2 Fritz Pott. Fritz Pott, sagte Jupp wie in der Kirche. Erst der Pastor, dann die Gemeinde. Kyrie eleison. Kyrie eleison. Jupp sprach den Namen jedes Kölner Spielers nach. Schnellinger, Hemmersbach, Thielen. Hans Schäfer, sein größter Held. Jupp kannte das Alter aller FC-Spieler, wusste, bei welchem Verein sie in ihrer Jugend gespielt, welchen richtigen Beruf sie gelernt hatten.

Zwei dicke Fliegen leisteten einem übrig gebliebenen Brötchen Gesellschaft. Christel weinte die trockene Wäsche wieder nass. Vater schob mir noch eine Bierflasche rüber. Oder hast du schon genug? Grete strich Jupp über den Kopf und sagte: Lass das Mädchen doch. Wir waren doch auch mal jung, du und ich.

Und peng, war unser Rolf unterwegs!, antwortete Jupp. Nix da, die bleibt hier.

Der Sportreporter sprach, als langweile ihn das Geschehen im Olympiastadion wie ein Sonntagsbesuch bei Oma und Opa. Vielleicht wäre er auch lieber Dachdecker geworden.

Christel und Grete redeten weiter auf Jupp ein. Sie umgarnten, beschworen und flehten ihn an, sogar erpresserische Bestechung war im Spiel: Grete versprach, Jupps Arzt nichts von den zwanzig Zigaretten zu sagen, die der Kranke gegen alle Verbote täglich zu Asche verarbeitete, wenn er Christel aus dem Haus lasse.

Haben die in Westfalen keine Mädchen?, fragte der sich laut. Sind die da alle ausgestorben? Oder warum muss sich der Heini unbedingt hier bei uns vergreifen?

Er heißt Horst!, schrie Christel.

Saudämlicher Name!

Vater legte an, schoss, und diesmal war der Spatz zu seiner Erleichterung wirklich ein Spatz. Allmählich kriegten wir alle einen roten Kopf von der Sonne und vom Bier.

Vorschlag, Jupp, sagte Vater auf einmal. Lass Christel sich doch freischießen, wenn sie kann. Drei Flaschen, sechs Kugeln, zwölf Meter. Komm, der FC ist am Drücker. Wir gewinnen zweieins.

Fall du mir auch noch in den Rücken, Adenauer!

Da fiel das 1:0 für die Kölner. Schäfer, die Nummer 10, war der Torschütze, meldete der Radio-Sprecher mit dem Temperament eines Betäubungsmittels.

Hans Schäfer, unser bester Mann!, rief Jupp und schnappte sich seine rote Grete, die gerade mit frischer Verpflegung anrückte. Er küsste und drückte sie und rief, am liebsten würde er sie jeden Tag aufs Neue heiraten. Er hüpfte, sprang und hustete nicht. Auch ich fing an zu schweben, aber nicht wegen Hans Schäfer, sondern vom Bier.

Jupp ließ sich erweichen. Vater stellte drei leere Bierflaschen auf den Bruchstein, maß mit Schritten die Schussentfernung ab.

Köln traf zum zweiten Mal, aber zum falschen Zeitpunkt für Jubel, denn es wurde ernst. Vater überreichte Christel, die ihre Zigeunerhaare streng zusammengebunden hatte, mit einer Feierlichkeit Gewehr und Kugeldose, als gehe es um Sein oder Nichtsein. Die entschlossene Art, wie Christel die Flinte lud und anlegte, machte mich ganz mutlos. Ich öffnete meine dritte Flasche Bier, Schaum lief über mein Kinn, über Hemd und Hose.

Du wirst auch immer dünner, sagte Grete zu mir. Dieser Satz war wie ein nachträgliches Geburtstagsgeschenk. Das Schweben kam zurück, die Hoffnung, dass der Kerl aus Westfalen den Abend allein in seiner Kaserne absitzen musste. Und tatsächlich verpulverte Christel ihre beiden ersten Schüsse, wenn auch knapp.

Es waren noch vierzig Minuten bis zum Schlusspfiff, aber Jupp holte schon mal sein Akkordeon, um *So ein Tag, so wunderschön wie heute* zu spielen.

Lass es, sagte Grete. Früh gefreut hat stets gereut.

In dem Moment fiel das 3:0. Vater goss sich einen doppelten Doppelkorn ein.

Wenn sie an der Front Schnaps verteilten, sagte er, wussten wir, jetzt wird's ungemütlich, gleich kommt der Befehl zum Angriff. Sie gaben uns Fusel, damit wir mutiger wurden, enthemmter, keine Gnade kannten mit dem Feind.

Schluss, Ende, aus, sagte Jupp ungehalten. Ich will von dem ganzen Scheiß nichts mehr hören. Steht mir bis oben. Zur Hölle damit!

Grete kam mit einer Flasche Eierlikör an und drückte den Kölnern jetzt auch die Daumen.

Mein Schweben artete in eine üble Karussellfahrt aus, es ging rasant rauf und runter mit einigen abrupten Vollbremsungen dazwischen. Vor meine Augen hatte sich Milchglas geschoben. Ich schaffte es gerade noch bis zum Brennesselstrauch. Jupp hatte sich auch übernommen. So ist das Leben, sagte er und spuckte aus. Nach jedem Höhenflug der Absturz.

Damit seinem Akkordeon nichts passierte, hatte er es ein paar Meter entfernt auf die Wiese gestellt, nah am großen, mit Glasscherben übersäten Bruchstein.

7

Da ist jemand für dich, sagte Leni und lächelte, als wollten mir Marlon Brando mit Marilyn Monroe im Schlepptau ihre Aufwartung machen. Von einer solchen Personenkonstellation konnte aber bei weitem nicht die Rede sein. Wer mich da mit einer immensen Umarmung begrüßte, war der verschwitzte Havenstein. Er stellte mir eine Frage, ich antwortete, hörte mir dabei selbst nicht zu. Überrumpelt, wie benommen führte ich ihn ins Wohnzimmer, nicht in meine Bude; das wäre mir, obwohl es da nicht viel zu sehen gab außer Bett, Schreibtisch und ein paar Büchern, wie Geheimnisverrat vorgekommen. Als hätte ich einem Einbrecher freiwillig den Schlüssel überreicht.

Wer war das eben, deine Mutter oder deine ältere Schwester?, fragte Havenstein, und dann schickte er auch noch einen beifälligen Pfiff hinterher. Wir setzten uns gegenüber an den Esstisch, an dem nur Weihnachten und Silvester gegessen wurde.

Und, was macht die Kunst?

Darauf wusste ich keine Antwort.

Und du?

Schrottplatz. Gefällt mir richtig gut, hätte ich nicht gedacht.

Er zeigte seine dreck- und ölverschmierten Hände wie Trophäen vor, kaute dabei Kaugummi mit offenem Mund.

Und was machst du da auf dem Schrottplatz?

Teile ausbauen.

Was denn für Teile?

So Teile eben. Aus Autos.

Er hatte eine neue Frisur, einen Sträflingsschnitt, und abgenommen, sein Mondgesicht war nicht mehr so voll, sondern kantiger, komplizierter geworden. Ich hätte nicht mehr gelacht, wenn es auf einem Steckbrief erschienen wäre. GESUCHT! BANKRAUB & SERIENMORD!

Bartwuchs fand immer noch nicht bei ihm statt. Die lange Narbe unter dem rechten Auge war früher nicht da gewesen. Auch die Nase sah anders aus.

Als die Sache mit Jenniges' Karre aufgeflogen ist, hat mein Vater mir die Fresse zermatscht. Dafür hab ich ihm zwei Rippen gebrochen und die Schulter ausgekugelt. Seitdem kampiere ich allerdings im Keller bei den Ratten, weil der Alte meinen Anblick nicht mehr ertragen kann.

Havenstein lachte laut.

Wie alle anderen hatte ich die Fünfminutenpause nach der polizeilichen Durchsuchung genutzt, um zum Lehrerparkplatz zu rennen und das Verbrechen aus der Nähe zu betrachten. Die bronzefarbene Lackierung des Mercedes einschließlich der Windschutzscheibe: bis zum Gehtnichtmehr zerkratzt. Es gab kaum eine Stelle, die verschont geblieben war von Messerklinge, Dosenöffner, Korkenzieher, Schere, Feile, Pinzette und Nagelreiniger. Damit nicht genug. Das Fahrzeug war quasi kastriert worden, der stolze Mercedesstern steuerbord restlos abgebrochen. Auch an der Bereifung hatte sich der Täter mit allerdings mäßigem Erfolg vergangen.

Havenstein beugte sich jetzt über den Tisch und sagte mit bitterem Lächeln: Hättest dich ruhig mal bei mir bedanken können.

Wofür?

Dass ich dich nicht verpfiffen hab.

Verpfiffen? Was soll das denn heißen, bist du –

Havenstein schnitt mir mit einer fuchtelnden Bewegung das Wort ab.

Wer hat mir denn das Messer gegeben, die Tatwaffe? Mitgefangen, mitgehangen! Der Hehler ist schlimmer als der Stehler!

Ich glaube, du gehst jetzt besser, sagte ich und stand auf. Da kam Leni aus der Küche und reichte Zitronenlimonade und Canapés, wie sie die Toastscheiben mit Käse, Dosenananas und etwas rundem Rotem obendrauf nannte. Frau von Königsdorff nahm so was schon mal gern zum Nachmittagstee zu sich, erfuhren wir. Ich warf Leni einen undankbaren Blick zu.

Als sie gegangen war, pfiff Havenstein erneut bewundernd, bevor er auf seinen Jugendarrest zu sprechen kam. Jedes Wochenende, ein ganzes Jahr lang, musste er in den Bau, wie er den Knast nannte. Ausgesuchte Kollegenschaft da. Mopeddiebe, Ruhestörer, Friedhofsschänder und, ungelogen, zwei Totschläger. Beide siebzehn, meine Leibwache. Ich schmuggele Schnaps und Zigaretten für die rein, die Jungs halten dafür den Abschaum, das Ungeziefer von mir fern.

Havenstein holte sein Kaugummi aus dem Mund, drückte es auf seinen linken Oberarm und griff nach einer dickbelegten Toastscheibe. Die Kuckucksuhr tickte. Der blöde Vogel, der jede volle Stunde aus seinem Nest herausschoss und seinen Namen krähte, war auf stumm gestellt, weil er allen den letzten Nerv geraubt hatte.

Mit vollem Mund erzählte Havenstein ein paar Fetzen von der Berufsschule.

Hilfsarbeiterklasse. Raue Sitten da, sehr raue Sitten. Gymnasium dagegen Kindergarten. Aber er schlage sich durch. Und, übergangslos: Ich lese jetzt Kafka. Guter Mann.

Er leerte sein Limonadenglas.

Das mit dem Schrott ist natürlich nur Beschäftigungstherapie. Lohnt sich nicht, die harte Arbeit. Jeder Pfennig, den ich da verdiene, wird auf Jenniges' Konto geschaufelt. Die Reparatur seiner Kiste. Aber Aufnahmeantrag für die Fremdenlegion läuft, Koffer sind schon gepackt. Fremde Länder, dickes Portemonnaie.

Ungeniert schaute er sich im Wohnzimmer um, dabei lächelte er spöttisch, als seien unsere Möbel nicht gut genug für ihn. Dann legte er seine Arbeitertasche vor sich auf den Tisch. Vater hatte auch so eine, nur mit mehr Altersflecken. Eine Tasche für Butterbrote und eine Thermosflasche voll Kaffee. Und manchmal ein Bier und die Zeitung vom Vortag.

In Havensteins Tasche war auch noch Platz für ein Buch, anscheinend sein Gastgeschenk. Das legte er auf die Mitte des Tischs, genau zwischen uns. *Eine Kulturgeschichte des Glockenläutens,* las ich. Auf dem Umschlag waren bloß schwarze, schmucklose Buchstaben auf weißem Hintergrund. Spannende Sache, wirst dich wundern, sagte Havenstein.

Ich schob das Buch weg, so weit, dass es fast vom Tisch fiel.

Hab noch zu tun, antwortete ich. Lateinarbeit morgen in der zweiten Stunde.

Havenstein erhob sich.

Viel Glück bei deiner Lateinarbeit. Und vielleicht verpfeif ich dich doch noch, mein Freund.

Wäre Feuer im Ofen gewesen, hätte ich das Geschenk sofort verbrannt. Aber es war Mai. Achtlos warf ich das Buch auf das kleine Regal, auf dem Vater seine Landser- und Cowboyheftchen und Leni ihre Leihbücher und sonstigen Krimskrams verwahrten.

8

Der Apparat, Nussbaum mittel, hochglanzpoliert, hieß Nordmende Favorit. Wir hatten uns für das Modell mit anschraubbaren Beinen zum Mehrpreis von fünfzehn Mark entschieden. Und für die praktische Rollladentür. Nach Programmschluss oder wenn man gerade keine Lust hatte fernzusehen, konnte man die Rollade vor die Mattscheibe ziehen.

Herr Kappes drehte, kurbelte und kabelte in unserem Wohnzimmer an dem Gerät herum. Bei Mistwetter befestigte sein Mitarbeiter auf dem Dach die Antenne und richtete sie auf Zuruf aus, bis das Testbild gestochen scharf war. Das Fenster stand offen, es zog und regnete herein, doch der Rufkontakt musste gehalten werden.

Dreiundvierzig Zentimeter metallhinterlegtes, statisch fokussiertes, hundertzehn Grad Kurzrohr, sagte Kappes wie zu sich selbst.

Genau, sagte Leni und rannte weiter ziellos hin und her. Sie machte einen ganz verrückt mit ihrer Aufregung.

Einen Cognac?, fragte mein Vater.

Da sag ich nicht nein, antwortete Kappes. Sechzehn Röhren einschließlich Selen-Gleichrichter, verstehen Sie?

Jupp und Grete nickten andächtig und fassten das Wunderwerk mal ganz kurz und vorsichtig an. Keine Sorge, beißt nicht, sagte der Techniker und Geschäftsinhaber und lachte heiser.

In unserer Wohnung durfte nicht geraucht werden, nicht mal am offenen Fenster. Lenis empfindliche Nase konnte nicht die Spur von Zigarettenqualm vertragen. Sofort Brechreiz mit Migräne. Herr Kappes war der erste, dem Leni das Rauchen gestattete. Etwas von seiner Zigarettenasche fiel auf den guten Teppich, aber niemand sagte was; jeder, allen voran der Übeltäter, tat, als sei nichts passiert.

Wo wir gerade erst den Kühlschrank abbezahlt haben, sagte Vater und gab sich keine Mühe, glücklich auszusehen. Er hasste es, auf Pump zu kaufen, doch er hatte sich überreden lassen. Siebenhundert Mark und ein paar Zerquetschte kostete der Spaß. Vierhundert in bar, der Rest in monatlichen Raten. Die wurden durch Lenis Dazuverdienst bei Frau von Königsdorff finanziert. Und Grete hatte auch noch zwanzig Mark gespendet, damit sie im Winter wegen Kilius und Bäumler nicht kilometerweit durch die Nacht rennen musste bis zu ihrer Cousine.

Dreistufiger Bandfilter!, sagte Kappes triumphierend.

Nicht zu glauben, sagte Jupp ungläubig. Alle starrten auf den Bildschirm, als liefe dort ein spannender Kriminalfilm, dabei war es nur das Testbild. Im Duett brachten uns Jupp und der Fernsehmann ihre angegriffenen Raucherlungen zu Gehör.

Es ist nun so, sagte Kappes knapp bei Atem. Der Adenauer denkt über ein zweites Programm nach. Will ich nur gesagt haben, damit Sie später nicht sagen, ich hätte es Ihnen nicht gesagt, verstehen Sie?

Ein zweites Programm?, sagte Vater. Wer braucht das denn?

Kein Mensch. Ist aber Politik. Doch machen Sie sich keine Sorgen. Wenn das zweite Programm tatsächlich kommt, bauen wir Ihnen auf Wunsch ein Zusatzgerät ein, eine Box, damit können Sie dann beide Programme empfangen.

Ich will keine Box und auch kein zweites Programm, sagte Vater. Bin doch nicht bekloppt.

Wie Sie wünschen. Nur damit Sie es wissen: Der Einbau des UHF-Tuners ist spielend leicht und preiswert.

Trotzdem, auf keinen Fall, sagte Vater. Da müsste man sich ja immer entscheiden.

Der Mitarbeiter kam durchnässt vom Dach herunter. Leni goss auch ihm einen Cognac ein. Er kippte ihn, und dann verabschiedeten sich die Radio- und Fernsehspezialisten. Wir anderen warteten gespannt darauf, dass das Testbild endlich verschwand und das Programm anfing. Ein Film mit Liselotte Pulver. Leni hatte extra eine Fernsehzeitung gekauft, die Hör Zu, und las jetzt die Inhaltsangabe des Films vor. Die sympathische Liesel möchte ihren Toni heiraten. Es gibt allerdings einen Haken. Liesels verstorbene Mutter hat verfügt, dass Liesel erst heiraten darf –

Was ist *verfügt*?, fragte Jupp.

Klappe, antwortete Grete.

Verfügt, dass Liesel erst heiraten darf, wenn auch ihre Zwillingsschwester Susi einen Ehemann gefunden hat.

Klingt schön, sagte Grete und nippte an ihrem Eierlikör. Richtig schön. Hoffentlich gehts bald los.

Und für so einen Scheißdreck haben wir jetzt Schulden?, rief Vater.

Leni reichte Knabbergebäck und frische Getränke und klagte über Kopfschmerzen von Kappes' Zigarettenqualm. Irgendwann verschwand das Testbild, da riefen alle: Oh! Eine toupierte Ansagerin begrüßte uns freundlich und dann war sie, oh!, schon wieder weg. Sendestörung, der Westdeutsche Rundfunk bat schriftlich um etwas Geduld. Mein Vater wiederholte das, was er eben erst gesagt hatte.

Aber dann kamen weder Liesel noch Susi, sondern Eichmann. Adolf Eichmann. Der war enger Mitarbeiter von Adolf Hitler gewesen und saß jetzt als Angeklagter mitten in unserem Wohnzimmer vor Gericht. Gefangen gehalten wurde er in einem Glaskäfig und von Männern in Uniform bewacht. Eichmann würde vorgeworfen, an der Ermordung von Millionen Juden beteiligt gewesen zu sein, hieß es. Ein bisschen sah er Holtschmidt ähnlich. Hornbrille, Haare auf dem Rückmarsch, weder dick noch dünn, irgendwie beige. Der jüdische Geheimdienst hatte ihn in Südamerika entführt und nach Israel, nach Tel Aviv gebracht. Wir wurden informiert, dass ihm der Tod durch den Strang drohe. Ich wusste nicht, was der Strang war.

Grausamer geht's nicht, sagte Vater. Minutenlanges, qualvolles Ersticken. Da waren die Nazis humaner.

Der arme Eichmann, sagten Leni und Grete synchron.

Jupp war eingeschlafen. Die starken Tabletten, die er dreimal am Tag nehmen musste, machen ihn fertig, sagte Grete.

Eichmann beteuere seine Unschuld, sagte der Sprecher im Fernsehen, und plädiere auf Freispruch. Er behaupte, keinen einzigen Juden umgebracht, bloß Arbeit am Schreibtisch verrichtet zu haben. Nach einem Freispruch sehe es aber nicht aus, so der Sprecher weiter. Für den Fall seiner Hinrichtung, sei aus Quellen, die nicht genannt werden wollten, durchgesickert, wünsche Eichmann die Verbrennung seiner Leiche. Die Asche solle im Meer verstreut werden.

Schrecklich, sagte Leni. Jupp schnarchte, und Grete sagte: Mit uns können sie es ja machen.

9

Frau Tillmanns musste in Rente gegangen sein, oder der Schlag hatte sie getroffen. Vielleicht hatte sie auch nur ein anderes Betätigungsfeld gefunden.

Unter dem Kaiserplatz roch es nach Pfefferminze und Zitrone. Mief und Muff hatten sich verabschiedet. In meiner Kabine gab es keine braunen Flecken mehr, fieses Dunkelgelb goodbye, selbst die Papierqualität hatte sich verbessert. Penetrantes Gequatsche über Krankheit, Tod und wie gut wir es unter Hitler hatten, drang nicht mehr an meine Ohren. Nachdem ich mir die zweite Senoussi angezündet hatte, hämmerte niemand an die Tür und schrie, ich solle endlich abhauen.

Verschwunden war das Zahnprothesen-Schwimmbad, seinen Platz hatte eine Vase eingenommen, darin frische Tulpen, bunt gemischt. Von der neuen Toilettenfrau allerdings keine Spur. Wahrscheinlich hatte sie gerade in der Damenabteilung alle Hände voll zu tun. Ich legte zwanzig Pfennig auf den Tisch, erhöhte dann auf dreißig. Diese verrostete Stadt hatte bisher keine Attraktion gehabt. Jetzt gab es eine.

Als ich mich nach dem Rauchen erschöpft die Treppe zu unserer Wohnung hoch schleppte, überholte mich der Briefträger mit einem Paket. Ich hörte ihn eine Etage über uns klingeln, aber da tat sich nichts. Holtschmidt spionierte wahrscheinlich gerade für die Russen den Tante-Emma-Laden um die Ecke aus.

Sobald der Briefträger weg war, schlich ich mich ein Stockwerk höher. Vor Holtschmidts Tür lag ein mit graugrünem Packpapier umhüllter Karton, darauf viele amerikanische Briefmarken zu je vier Cent. Brien McMahon schaute in Violett an mir vorbei. Nie gehört von ihm. Krawatte, weißes Hemd, unauffällige Frisur. Er hatte sich Verdienste um die Nutzung der Atomenergie erworben, übersetzte ich aus dem Englischen.

Der Bundesstaat New Mexico feierte auf dem Postweg sein Fünfzigjähriges mit einem sonnenbeschienenen roten Felsen und viel blauem Himmel. Ich fand die Marken wenig attraktiv. Die USA würden mich damit nicht zum Sammler machen.

Der Inhalt des Pakets überzeugte mich dafür umso mehr, nachdem ich ihn in meinem Zimmer ans Licht gebracht hatte. Sie hieß Peggy Sue, bei ihr hatten sich die Amis richtig reingehängt und den Russen die Rücklichter gezeigt. Sie war aus den Südstaaten angereist, aus Huntsville, Alabama, und ihre Oberweite sprengte wahrscheinlich alle bisher da gewesenen Maße. Um das zu erkennen, hatte ich nicht die Übersetzungshilfe meines Lexikons gebraucht, nur viel Atemluft. Zwischendurch war mir die Puste ausgegangen, und schwindlig war mir auch geworden. Ich nahm mir vor, weniger zu rauchen.

Peggy Sue, entnahm ich dem Beipackzettel weiter, fiel unter das Jugendschutzgesetz und war immer zur Stelle. Faule Ausreden kannte sie nicht. Sie war nie beleidigt oder nachtragend, machte einem keine Vorwürfe. Mit einem Wort: perfekt.

Sie hatten nicht übertrieben. Es lief tatsächlich auf Anhieb sehr gut mit mir und Peggy Sue. Nur mit den Blue Jeans kam ich nicht voran, trotz Diät. Die brachte keine Passform, nur körperlichen Verfall. Sandor Tóth wunderte sich laut, dass ich, regelmäßiger Urkundengewinner bei den Bundesjugendspielen, seit Wochen japsend bei den Lahmen und Blindgängern am Ende des Läuferfelds zu finden war.

Siehst aus wie eine Vogelscheuche, sagte auch Leni. Meine normale Hose schlotterte, obwohl der Gürtel eng geschnallt war, meine früher gut sitzenden Hemden und Pullis hingen schlaff an mir herunter, zu groß gewordene Unterhosen verrutschten ständig. Aber die Jeans passten hinten und vorne nicht, sie schnürten mich ein, quetschten, klemmten und zwängten, nahmen mir die Luft und zerdrückten mir die Hoden. Die Hoffnung, den Reissverschluss jemals schließen zu können, rückte außerhalb jeder Reichweite. Während ich die missglückte Modenschau beendete, klopfte es an der Tür.

Ob vielleicht ein Paket für ihn abgegeben worden sei?, fragte Holtschmidt ungewohnt gesprächig.

Nö, antwortete ich.

Ein Paket aus dem Ausland, sagte er, als würde das irgendwas ändern.

Aus Russland?

Nein, um Himmelswillen. Aus einem befreundeten Land.

Ich fürchte, ich kann Ihnen nicht dienen.

Einen solchen Satz hatte ich noch nie gesagt. Anscheinend färbte Lenis Tätigkeit beim Adel auf meinen Sprachgebrauch ab. Holtschmidt zog ab, geknickt wie einer, dessen Verlobte kurz vor der Hochzeit mit einem Feuerwehrmann durchgebrannt war.

10

Mitte Juni ging es innerhalb weniger Tage Schlag auf Schlag. Gemeint sind keine Glückstreffer, sondern Tief- und Nackenschläge, Kinn- und Leberhaken.

Alle sagten, einen schöneren, glücklicheren Tod gäbe es nicht. Im Bett, im Schlaf, vielleicht im Traum von der nächsten Meisterschaft des 1. FC Köln. Grete sagte, ihr größter Trost sei, dass Jupp nicht endlos hatte leiden müssen an seiner Lunge, dem Magen und den ganzen anderen Organen, die sich gegen ihn verschworen hatten. Und dass er nicht mehr erlebt hat, dass die verdammten Jugoslawen uns da unten in Chile bei der Weltmeisterschaft rausgeschmissen haben, ergänzte Vater.

So schön Jupps Tod auch gewesen war, an *einem* Problem kam Grete nicht vorbei. Jupp hatte nicht an das Himmelreich geglaubt. Er wollte da nie landen, sich lieber mit Al Capone eine dicke Zigarre am Höllenfeuer anzünden. Das hatte er immer gesagt. Kein Priester, keine Orgel und schon gar keine Predigt. Er hatte sich einen kleinen Grabstein mit dem Kölner Geißbock drauf gewünscht und eine Feier, auf der keine Tränen flossen.

Der Westfale kreuzte in Bundeswehruniform auf, am rechten Arm einen angeberisch breiten Trauerflor. Christel stand schwarz sehr gut, aber giftgrün und mausgrau hätten ihr auch gestanden, selbst holdschmidtbeige. Der Kies knirschte unter dem Gewicht der Trauergäste. Eine nahe Fabrik warb mit dem Geruch nach Teer und verbranntem Gummi für sich. Arrogante Edeltannen standen Spalier, die Sonne schien angemessen lustlos. Der Kaplan sparte nicht an Versprechern, Grete, Christel und Leni nicht an Tränen.

Gretes ernste Befürchtung, Jupp werde das kirchliche Theater mit Weihwasser, Weihrauch und anderem Pipapo irgendwie spitzkriegen, aus dem Sarg springen und ihr an die Gurgel gehen, bewahrheiteten sich nicht.

Aber richtig froh wurde sie trotzdem nicht. Pastor Timberg, mit dem, laut Grete, alles abgesprochen war und der Beerdigungen aus dem Effeff beherrschte, hatte sich an diesem Tag weiß der Teufel wohin verzogen und Kaplan Düppengießer vorgeschoben. Der Anfänger übte bloß herum. Ständig sagte er *irdisches Jammertal* und wusste dann nicht richtig weiter. Am schlimmsten war, dass er Jupp ständig Willi nannte.

Da hätte ich ihm am liebsten eine geknallt, so Grete später. Und dann stimmte der Kaplan auch noch grauenhaft schlecht *O Haupt voll Blut und Wunden* an. Er krähte und krächzte, traf kaum einen Ton. Nicht wenige wurden am offenen Grab von Lachkrämpfen geplagt und durchgeschüttelt, darunter ich.

Im *Goldenen Stern* gab es belegte Brötchen und natürlich schwarzen Birnenfladen. Ich beließ es bei einer Tasse Kaffee ohne Milch und Zucker.

Seit wann hast du ne Wespentaille?, fragte mich meine Cousine Annemarie. Sie war ein Trampel mit krausem Haar und Beinen wie Baumstämme, aber jetzt fand ich sie ausnahmsweise ganz erträglich.

Christel stellte den uniformierten Westfalen überall als ihren Verlobten vor. Der war über einsneunzig und nicht sehr gesprächig, weil er sich ein Brötchen nach dem anderen reinstopfte, Kraftfutter gegen den Ostblock. Rolf, Christels älterer Bruder, spielte auf Jupps Akkordeon das Wolgalied. *Es steht ein Soldat am Wolgastrand, hält Wache für sein Vaterland.* Vater kriegte feuchte Augen, die anderen Männer auch, sie summten und sangen mit, fast so falsch wie Kaplan Düppengießer. Grete sagte, am liebsten würde sie aus der Kirche austreten.

Nennt der Idiot meinen Jupp Willi!

Vater verabschiedete sich nach ein paar schnellen Schnäpsen. Er musste zurück in die Fabrik.

Und du gehst wieder in die Schule, sagte er zu mir.

Wegen *einer* blöden Stunde?, sagte ich mit Blick auf die altmodische Kneipenuhr. Musik ist doch bloß Nebenfach.

Das hat sich der Kaplan bestimmt auch gedacht, sagte Grete. Also geh schon, Matthes, vielleicht wird aus dir ja mal ein Theologe.

Nie und nimmer!

Man soll nie nie sagen, mischte sich Cousine Annemarie lebenserfahren ein, während Christel und der Westfale schamlos knutschten und Jupps Akkordeon schon wieder das Wolgalied anstimmte.

Statt zur Musikstunde spazierte ich zum Schrottplatz. Der lag außerhalb der Stadt in der Nähe des Bahnhofs. In der Gegend war noch nicht richtig aufgeräumt worden. Ruinen und andere Trümmerteile standen und lagen in Massen herum. Bombentrichter, vielleicht Minenfelder. Dass es hier aussah wie in einem Lehrfilm über die Ostzone war das eine, das andere, schlimmere, war der Umgangston, der auf Havensteins Arbeitsplatz herrschte. Raue Sitten, sehr raue Sitten.

Dumme Sau, ich schlag dir sämtliche Zähne aus der Fresse!, schrie einer. Und ich reiß dir die Klunker ab, Freundchen, meldete sich ein zweiter zu Wort.

Die Sonne, die sich bisher zurückgehalten hatte, drehte auf. Ein Kranwagen mit einem Unfall-VW im Gepäck fuhr hupend an mir vorbei. Havenstein wurde in die Zange und in den Schwitzkasten genommen. Er schrie und flennte, versprach Besserung und Freibier, kam damit aber nicht weit. Zum ersten Mal war ich froh, auf dem Gymnasium zu sein und nicht in der freien Marktwirtschaft.

Entschuldigung, rief ich. Haben Sie zufällig Ersatzteile für einen Rolls Royce?

Dieser Satz würde bestimmt nicht in den Geschichtsunterricht eingehen, erfüllte aber seinen Zweck. Überrascht ließen die Folterknechte Havenstein los, und der nutzte die Atempause und taumelte davon. Bevor er mich wieder mit seiner Dankbarkeit in den Wahnsinn trieb, suchte ich das Weite.

11

Am nächstenTag überschlugen sich die Ereignisse. Nacheinander kamen ums Leben: Frau von Königsdorff, unser Fernsehapparat und, last but not least, Peggy Sue.

Es fing gut an. Wegen der deutschen Einheit hatte ich früher schulfrei. Weil der Feiertag auf einen Sonntag fiel, begingen wir den 17. Juni bereits am 16. Alle Klassen versammelten sich in der Aula, der Musiklehrer dirigierte uns beim Absingen der Nationalhymne, dann trat der Direktor im schwarzen Anzug ans Stehpult und las monoton vom Blatt ab. Es ging um unser zerrissenes Land, um unsere Brüder und Schwestern nicht nur in der Ostzone, sondern auch im polnisch und russisch und tschechoslowakisch besetzten Teil Deutschlands. Auch die Verbrechen des Kommunismus und die Millionen Heimatvertriebenen kamen zur Sprache. Zuletzt spielte ein Streichquartett aus der Oberprima noch einmal das Deutschlandlied, und schon war die Feier zu Ende. Der Direktor rief dazu auf, das Schulgebäude würdig und in Gedanken an unsere Landsleute in Knechtschaft und Unfreiheit zu verlassen.

Leni weinte, wie ich sie noch nie hatte weinen sehen. Aber nicht wegen unserer armen Landsleute im Osten. Frau von

Königsdorff war genau wie Jupp plötzlich und unerwartet nicht mehr da.

Die Baronesse war weder einer Überdosis Champagner noch dem süßen Gift der Sachertorte erlegen. Sie war auch nicht von ihrem stürmischen Lippizaner-Hengst Udo von Bentheim-Steinfurt gefallen und hatte sich alle Knochen gebrochen, nein. Schlaganfall und Herzinfarkt schieden bei ihrer robusten Verfassung ebenfalls aus. Die Todesursache lautete: Freifrau Auguste Amalia Charlotte Sofia Elisabeth von Königsdorff hatte sich in Luft aufgelöst.

Und dafür hatte Herr Welter gesorgt. Und Leni damit ins Unglück gestürzt.

Vaters Vorgesetzter war nicht nur unfähig und überbezahlt, er war auch nicht in der Lage, etwas für sich zu behalten. Er hatte gesehen, was er besser nicht gesehen hätte, und dann alles ausgeplaudert, Leni enttarnt und verraten, vielleicht sogar noch Öl ins Feuer gegossen. Vater hatte sich sofort ein Taxi bestellt und war im Blaumann und mit Dreck unter den Fingernägeln zum Kaiserplatz gefahren, wo er Leni an den Haaren, wie er selbst posaunte, von ihrem Arbeitsplatz wegzog.

Das war, sollte ich bald erfahren, das Aus für den Pfefferminz- und Zitronenduft in meinem Raucherasyl. Der Mief würde wieder das Ruder übernehmen, die Diktatur des Missmuts herrschen. Die Nachnachfolgerin von Frau Tillmanns hieß Kohlbusch, die nostalgische Erinnerungen an die Tillmanns weckte. An Strenge übertraf sie sogar Jenniges und Tóth. Rauchen verboten!!!, mit krakeliger Schrift auf ungerade Zettel geschrieben und an die Kabinentüren geklebt, zum Beispiel. Und das Gebiss von Frau Kohlbusch saß auch nicht richtig.

Vaters dröhnendes Gebrüll spürte man bis tief in den Bauch hinein, bis in die Eingeweide. Er drohte mit Scheidung, und dass Leni auf der Stelle ihre Koffer packen und verschwinden solle. Seine Frau eine Klofrau! Eine, die den Dreck, die stinkenden Hinterlassenschaften anderer Leute wegputzte!

Hast du denn gar kein Ehrgefühl? Wie du mich anwiderst, ich ekle mich vor dir! Lügnerin, Betrügerin!

Leni schluckte ihre Tränen runter und entgegnete mit schwankender Stimme, das Geld, das sie verdient habe, stinke nicht, genauso wenig wie der Fernsehapparat, der *auch* von ihrem Verdienst angeschafft worden sei.

Lenis Worte verhallten, Augenblicke vergingen, ein Moment nach dem anderen, ohne dass was geschah. Vater, Leni und ich nahezu regungslos.

Stillleben, das Schlimmste vielleicht schon vorbei? Das Ticken der Kuckucksuhr, durchs offene Fenster die Straßenbahn.

Da riss Vater den Stecker aus der Steckdose, stieß den Apparat um, drehte zwei Beine ab und prügelte damit auf den Bildschirm ein. Im Wohnzimmer flogen Splitter herum, ab jetzt würden wir Raten für einen Haufen Schrott zahlen. Froschmann Mike Nelson, mein Lieblingsheld zwischen sieben und acht abends, würde nie mehr aus dem Golf von Kalifornien auftauchen, Privatdetektiv Cox einen Koffer voll ungelöster Fälle hinterlassen.

Leni schrie Gott um Hilfe an, doch der hatte seine Gedanken woanders. Ich stand wie ausgestopft da und dachte nicht an das, was um mich herum passierte, sondern an meine unerklärliche Gewichtszunahme. Obwohl ich am Vortag so gut wie nichts gegessen hatte, zeigte die Waage morgens nach dem Aufstehen fünfhundert Gramm mehr an. Entweder war die Waage kaputt, oder mein Körper versuchte mich zu ärgern, aus Wut, weil ich ihn nicht genug fütterte.

Aufgeschreckt durch den Tumult, schlug Grete mit den Fäusten gegen unsere Wohnungstür. Sie nahm Leni in den Arm, strich ihr über Haar und Rücken, bot ihr an, einen Stadtbummel zu machen, bis wieder Ruhe war.

Leni schüttelte den Kopf und schloss sich im Schlafzimmer ein. Vater drohte, die Tür einzutreten. Grete hielt ihn zurück, nahm ihm nach langem Hin und Her das Versprechen, den Schwur ab, sich zusammenzureißen, sich zu beherrschen. Sie umging das zerstörte Fernsehgerät, nahm den Gekreuzigten von der Wand. Vater fasste Jesus mit der rechten Hand an und schwor.

Wer nun dachte, der Tag sei ramponiert genug, hatte sich geirrt.

Am späten Nachmittag rief Vater mich aus meinem Zimmer zu sich in die Küche. Er taxierte mich wie einen Aussätzigen. Pocken, Tollwut, Pest, alles zusammen.

Einen wie dich müsste man auf der Stelle abknallen, sagte Vater entsetzlich leise. Ich halt das nicht aus. Du bist nicht mehr mein Sohn.

Ich kriegte einen feuerroten Kopf und die verzweifeltste Verzweiflung meines Lebens, wusste aber nicht, warum.

Leni sei an allem schuld, sie habe mich verwöhnt, verzärtelt, zu dem gemacht, was ich sei: ein Hundertfünfundsiebziger, ein schwuler Hinterlader, krimineller Dreck der übelsten Sorte.

Ich war ganz gut in Altgriechisch und Latein, konnte in Englisch mithalten, auch in den naturwissenschaftlichen Fächern kriegte ich die Kurve, dennoch stand ich da wie ein Hilfsschüler, kapierte nichts, starrte ins Leere. Mir fielen alle Sünden ein, nur die eine nicht, die Vater anscheinend für die tödlichste hielt.

Hast du denn nie an Mädchen, an Frauen gedacht? Dir nie vorgestellt, wie es wäre, eine Freundin zu haben?

Doch, immer.

Heuchler, sagte Vater. Genauso verlogen wie seine Mutter.

Und dann präsentierte er mir voller Ekel Havensteins Gastgeschenk. *Eine Kulturgeschichte des Glockenläutens.* Ich hatte das Buch mit dem sterbenslangweiligen Titel nicht mal aufgeklappt, es einfach beiseite gelegt und vergessen.

Vater hielt mich mit eiserner Hand fest und zwang mich, Fotos anzuschauen.

Quälend langsam blätterte er Seite für Seite um, blätterte, blätterte. Hinter dem harmlosen Titel versteckten sich die schlimmsten Schweinereien der Menschheitsgeschichte. Nackte Männer, die sich mit Zunge küssten. Männer, die den Pimmel von anderen Männern in den Mund nahmen und sich in den Hintern rammeln ließen.

Vater hielt mich gefangen und blätterte, blätterte. Mittlerweile quetschte er meinen Arm nicht mehr, er zerquetsche ihn fast. Männer am Strand mit paarungsbereiten Riesendingern. Männer, die an Hodensäcken und weißer Soße leckten.

Ich hab eine Freundin!, schrie ich so laut ich konnte.

Die möchte ich aber sehr gern mal sehen, sagte Vater. Wo ist sie denn? In deiner Lügenfantasie oder hinter dem Mond?

Unten im Keller.

Damit hatte er nicht gerechnet. Da fielen ihm beinahe die Augen aus dem Kopf, er schaute blöde aus der Wäsche wie Pik sieben und als hätte er Hopfen und Malz verloren. Neununddreißig Jahre alt, im Krieg was von der Welt und Schlimmeres gesehen, aber so was wie Peggy Sue: noch nie.

Mir war schwindlig vom überhasteten Aufblasen und Treppensteigen. Glücklicherweise waren mir weder Grete, Christel und vor allen Dingen nicht Holtschmidt begegnet.

Eine Fliege landete auf Vaters linker Hand. Er schlug nach ihr, verfehlte sie aber deutlich.

Naja, sagte er. Aber immerhin.

Danach musste ich dringend eine qualmen. Ich ging zur Wiese hinter dem Haus, dorthin, wo Köln zum ersten Mal deutscher Meister und Christel Schützenkönigin geworden war. Ich sah meiner Hand zu, die zitternd die Zigarette hielt. Heinz, Hans, Curd und Piroschka sowie ihre Behausung waren von der Bildfläche verschwunden. Gelbe Schmetterlinge umtanzten sich. Ich schaute zu einem Düsenjäger und Holtschmidt hoch. Gleich würde er seine Beobachtungen über meine Nikotinsucht nach Moskau und Ostberlin funken.

Im Treppenhaus kam mir Vater entgegen. Er trug einen mit viel Klebeband umwickelten Karton bei sich. Kein Wort, kein Blick, aber ich konnte mir denken, dass er Peggy entlüftet hatte und jetzt dabei war, sie zu ihrer letzten Ruhe zu begleiten.

12

Leni sagte, sie habe kaum, eigentlich gar nicht geschlafen, dabei insgesamt eine Million Schafe, Schäfer und Schäferhunde gezählt.

In unserer Straße gab es eine Kneipe, *Addis Pilstreff*. Jupp war dort Stammgast gewesen. Er hatte erwähnt, dass es dort ein Telefon gebe. Die Öffnungszeiten standen in großen Buchstaben auf einem Brauereischild über dem Eingang. *Das erste Bier nach langer Nacht gibt es bei Addi schon ab acht.* Um fünf vor acht standen wir vor der verwitterten Tür. Leni wollte es hinter sich bringen, so schnell wie möglich. Außerdem, so ihr Kalkül, würden um diese Zeit noch keine Raucher auf den Beinen sein.

Sie hatte sich verrechnet. Mit uns warteten fünf Männer auf Einlass. Die älteren mit Hut und Krawatte, die jüngeren weniger feierlich, und bis auf einen qualmten alle. Sie beäugten Leni, als hätten sie noch nie eine Frau gesehen.

Noch nie eine Frau gesehn?, sagte Leni überraschend forsch nach einer Nacht ohne Schlaf.

Die Männer widmeten sich jetzt scheinbar ihren Schuhspitzen, dem Vogelflug, der Silhouette des Transformatorenhäuschens gegenüber. Gesprochen wurde nur in Kurzsätzen. Gehts? Muss. Der FC, schon gehört? Hör mir auf. Und sonst? Wie sonst. Man gähnte mit offenem Mund. Sonnenlicht traf auf gerötete Augen. Hinter den meisten schien eine lange schwere Nacht zu liegen. Poltern und dreifaches Niesen drangen aus dem *Pilstreff* nach draußen und weckten Hoffnung. Die Gäste in spe brachten sich in günstige Startposition. Grußlos und mürrisch klappte der Wirt Fensterläden aus Holz auf.

Leni hatte rote Wangen vor Aufregung, beim Telefonieren etwas oder alles falsch zu machen, sich zu blamieren. Weil sie als Frau nicht allein in eine Kneipe gehen konnte, hatte Vater mich als Aufpasser an ihre Seite kommandiert.

Die Männer, mittlerweile sechs, schubsten und drängelten sich fern jeder Höflichkeit an uns vorbei und nahmen ihre Plätze rund um den Tresen ein, offenbar ihre Stammsitze. Nachdem der Wirt eine Käseglocke mit Frikadellen und ein großes Senfglas platziert hatte, fing er mit dem Bierzapfen an, dem Ausschenken von Schnäpsen. Er machte ein Gesicht, als hinge ihm seine Tätigkeit nicht nur zum Hals, sondern auch zu den Ohren raus. Selbst Einwortsätze waren ihm zuviel, und auch seine Kundschaft verharrte in Schweigen, es war fast wie bei einer Beerdigung. Niemand äußerte eine Bestellung. Addi wusste genau, mit welcher Art von Flüssigkeit er jeden einzelnen zufrieden stellen konnte.

Leni und ich waren Luft für ihn. Die anderen Männer nahmen wenigstens Leni wieder zur Kenntnis, sie starrten heimlich oder glotzten ungeniert ihre von einem, wie ich wusste, schwarzen Büstenhalter perfekt arrangierten Brüste an, aber der Zapfer übersah uns, als seien wir aufs Schlimmste verfeindet. Wir standen herum, Leni hielt die Luft an wegen dem Geruch nach kaltem und frischen Rauch und scharfem Bohnerwachs.

Keine Frage, am liebsten hätten wir aus einer Telefonzelle angerufen. Aber das Postamt, wo es zwei Kabinen gab, war sonntags geschlossen. In die Telefonzelle am Kaiserplatz war vor kurzem ein besoffener Autofahrer gedonnert. Auch in der Unterstadt war zurzeit Funkstille. Ein Witzbold hatte dort den Hörer abgehackt, eine Reparatur war noch nicht erfolgt. Blieb nur die Zelle am Bahnhof, der lag außerhalb, fast am Ende der Welt. Sonntags fuhr da nur alle drei Stunden ein Bus hin.

Verzeihung, ich möchte gern telefonieren, sagte Leni nervös.

Damit hatte sie anscheinend das von wem auch immer verabredete Startwort gegeben. Es kam Leben in den dunkelbraun getäfelten Saal. Einer rutschte umständlich von seinem Hocker herunter, ging zur Musikbox, wählte. Andere begannen, mit einem Würfelbecher zu hantieren und sich sofort zu streiten. Auch am Kicker war jetzt Bewegung, die Musikbox sang *Junge, komm bald wieder*, jemand lachte wie gekitzelt, der Ventilator fächelte klappernd dem Vereinswimpel vom 1.FC Köln Wind zu, worauf der zu flattern anfing, und der Wirt knallte tatsächlich ein schwarzes Telefon auf die Theke. Und war sogar der Sprache mächtig, allerdings einer Fremdsprache.

Vö hee udder wijjer vott?

Leni schaute erst ihn, dann mich fragend an. Froh, zu etwas nutze zu sein, machte ich den Dolmetscher und sagte: Ferngespräch. Nach Lindau am Bodensee.

Schön da, sagte der Wirt unerwartet redselig und hochdeutsch, wobei er sich allerdings die Hände an einem schmutzigen Putzlappen abwischte. Bayern, fast Österreich. Und die

Schweiz direkt um die Ecke. Aber einen Dialekt sprechen die da, furchtbar, versteht kein Mensch. Macht eine Mark die Minute.

Onkel Hannes hatte lange nichts von sich hören lassen. Zuletzt sprachen wir gar nicht mehr über seine Einladung, Vater war erleichtert gewesen. Er hatte uns zwar als Wiedergutmachung für den 16. Juni grünes Licht gegeben, aber die Aussicht auf drei Wochen kalte Küche, wie er es nannte, lag ihm schwer auf dem Magen.

Dann war vor ein paar Tagen eine sonnige Postkarte angekommen, darauf der See und ein Segelboot und auf der Rückseite eine Telefonnummer und die Bitte um einen Rückruf, am besten sonntags.

Zeit läuft, sagte der Wirt und sah auf seine Uhr. Das Drehen der Wählscheibe klappte hervorragend, Leni machte das nach zögerlichem Beginn mit der Leichtigkeit einer Telefonistin. Sie nahm den Hörer ab, hielt ihn ans Ohr und rief Hallo, hallo, hallo?

Mädchen, du musst nicht schreien, schrie der Wirt. Hier fällt ja der Putz von der Wand. Ganz nor-mal spre-chen.

Die Frühschoppenmänner schlugen sich auf die Schenkel, lachten, als wüssten sie seit hundert Jahren, wie man richtig telefoniert.

Es meldet sich keiner, sagte Leni jämmerlich.

Der Wirt hatte den Fehler bald entdeckt: Bevor man die Wählscheibe drehte, musste man den Hörer abnehmen, sonst kam keine Verbindung zustande.

Wieder war für Stimmung gesorgt, und der Sänger sang zum dritten Mal *Junge, komm bald wieder.*

Ich glaub, du brauchst nen Schnaps, schöne Frau, sagte der Wirt, nachdem Leni das Gespräch erfolgreich absolviert hatte. Geht aufs Haus.

Auch die anderen gratulierten zum bestandenen Telefonat. Bald stand ein Tablett mit Gläsern verschiedenster Form vor Leni: Sekt, Eierlikör, klare und farbige Gifte aller Art.

Der Wirt atmete tief durch und leckte sich die Lippen, nachdem er sich selbst einen doppelten bis dreifachen Korn ausgegeben hatte. Leni nippte an einem Sektglas, ich kippte einen kleinen Braunen, der mir Tränen in die Augen trieb.

Ein Gast Anfang zwanzig mit viel Frisiercreme in den zurückgekämmten Haaren und einem dicken Ring am Finger hatte die Musikbox mit Rock'n'Roll auf Touren gebracht. *Tutti Frutti* schrie einer andauernd und total überdreht. Der Frisierte bat mich mit einer ironischen Verbeugung um die Hand meiner Mutter. Leni zog die Augenbrauen hoch.

Die beiden harmonierten sofort. Sie bewegten sich schnell und zackig, mit viel Schwung im Becken, flatternde Arme und geschüttelte Köpfe, und mehrmals hob der Mann Leni in die Höhe, ließ sie für einen Augenblick los und fing sie dann wieder auf. Als hätten sie das monatelang einstudiert. Leni glühte und war schwerelos, zeigte reichlich Bein und Hüftschwung und tanzte ihren Partner allmählich k.o.

Alle anderen waren erstarrt, der Zapfhahn: stillgelegt. Ich nahm mir ein weiteres Gesöff von Lenis Gabenteller und hoffte inständig, dass Vater nicht ungeduldig wurde und plötzlich in die Party reinspazierte.

13

Doktor Bölting trug die Haare länger als es Mode war. Mit dem Rasieren nahm er es auch nicht so genau. Mittwochs sah er bei uns im Viertel nach dem Befinden. Er hatte dem weltberühmten Professor Sauerbruch assistiert, war danach aber nicht richtig in die Gänge gekommen. Ohne eigene Praxis war er auf sein Auto angewiesen. Das durfte er nicht fahren, weil sein Führerschein für immer futsch war. Daraus machte er kein Geheimnis. Frau Bölting saß am Steuer und chauffierte den Doktor von Tür zu Tür. Im Gegensatz zu ihrem Mann war sie ergraut, das Lächeln fiel ihr schwer.

Doktor Bölting trug keinen weißen Kittel, duzte jeden. Heilung nahte trotzdem.

Vater war nicht gut auf ihn zu sprechen. Er unterstellte dem Arzt, der Leni wegen häufiger Kopfschmerzen und nervösem Magen behandelte, schmutzige Absichten, wenn er Lenis Puls fühlte oder, noch schlimmer, ihren Bauch abtastete, um eine Blinddarmentzündung auszuschließen.

Lenis Reisefieber ging nicht runter. Ihr war ständig schwindlig, sie konnte vor lauter Gedanken, die sie sich machte, keinen klaren fassen. Dazu dieses Flimmern vor den Augen. So konnte das Kofferpacken nicht gelingen. Unter diesen Umständen würde sie am Ende in den falschen Zug steigen und im Nirgendwo, womöglich in der Ostzone landen.

Der Doktor zog eine Spritze auf, stach zu und sagte: Gute Reise. Darauf wandte er sich mir zu und fragte: Bei dir alles in Ordnung?

Seine Fahne hätte ein holländisches Tulpenfeld zum sofortigen Welken gebracht.

Er wird immer dünner, sagte Leni.

Umgekehrt wäre schlechter, antwortete der Arzt und strahlte Ruhe aus.

Und er ist immer so unruhig, petzte Leni.

Diagnose: Liebeskummer, sagte der Doktor und wollte meinen Blutdruck messen. Ich weigerte mich. Gegen die Unruhe, die mich plagte, wenn ich beispielsweise an das Wort Büstenhalter dachte, und ich dachte rund um die Uhr daran, gab es keine Medizin. Und falls doch, hätte ich das Leiden auf gar keinen Fall auskurieren wollen.

Grete hatte uns zwei große Koffer geliehen. Die waren angeschafft worden, als Jupp zur Kur nach Bad Salzuflen musste. Grete würde außerdem drei Wochen lang Vater bekochen und sich um die Wäsche kümmern. Auf dem Bahnsteig verabschiedete er sich wortkarg und beleidigt, winkte uns nicht mal nach.

Zuerst saßen wir in einem Bummelzug auf einer Holzbank. Da hatte mein Onkel, dem wir die Fahrkarten verdankten, aber schön gespart. In Köln mussten wir umsteigen. Wir hatten eine halbe Stunde Aufenthalt. Unsere Lok stand schon unter Dampf, aber man durfte noch nicht ins Abteil.

Weil der Kölner Dom angeblich direkt neben dem Hauptbahnhof stand, wollte ich einen Blick auf ihn werfen. Leni hatte den Dom schon auf Postkarten gesehen und keine Lust, die schweren Koffer wieder rauf und runter zu schleppen. Ich musste ihr versprechen, in spätestens einer Viertelstunde zurück zu sein.

Es roch nach Ruß, Schweiß, Parfüm und dem Dampf heißer Knackwürste. Ein Mann, der kaum noch Zähne im Mund hatte, keine Schuhe an den schmutzigen Füßen und in der Hand einen verschlissenen Koffer aus Pappe, bat mich um fünfzig Pfennig. Erschrocken ließ ich mich weiter Richtung Ausgang schieben. Ich sah den ersten Schwarzen meines Lebens, er war mit Sonnenbrille und Regenschirm unterwegs.

Ich zog vorbei an Läden, in denen Bikini-Zeitschriften verkauft wurden oder Klamotten. Stapelweise Blue Jeans in allen Größen und weiße T-Shirts ohne Ripp! Mein Puls hätte Doktor Bölting bestimmt in höchste Alarmbereitschaft versetzt. Ich tastete nach meinem Portemonnaie mit dem Feriengeld, wagte es dann aber wegen der nahen Abfahrtszeit nicht, etwas Passendes anzuprobieren.

Für den Dom hatte ich nur einen Blick übrig, denn vor dem Bahnhof spielten drei Musiker mit Matrosenmützen auf Stehbass, Waschbrett und Gitarre. Der Gitarrist sang laut und rau *Tutti Frutti* und schlug auf sein Instrument, als hätte es was Schlimmes verbrochen. Ein paar Zuhörer, nicht viel älter als ich, klatschten und tanzten mit, der Rest der Reisenden schien nur einen Gedanken zu haben: Bloß weg von hier.

Leni war wütend, weil ich auf die letzte Minute ankam. Sie würde nie mehr mit mir reden, sagte sie, und dass ich die größte Enttäuschung ihres Lebens sei.

In unserem Abteil saßen zwei Kriegerwitwen auf dem Weg nach Österreich. Kurz vor Bonn erzählte eine von ihrem Neffen, der war Saaldiener im Bundestag, ganz nah an der Macht. Mit dem Bundeskanzler und dem Verteidigungsminister per Du.

Wir saßen jetzt hartgepolstert, der Lokführer drückte auf die Tube. Leni und ich hatten wegen meiner Verspätung keinen Fensterplatz ergattern können. Uns war die freie Sicht auf den Rhein versperrt, auf die Weinberge und Orte drumherum. Die gutplatzierten Witwen waren von den Sehenswürdigkeiten begeistert. Boppard! Bacharach!, riefen sie im Chor. Ich versuchte, den barfüßigen Bettler zu vergessen, dem ich kein Geld gegeben hatte. Wenn das Jesus gewesen war, der mich testen wollte? Dann würde ich ewig zusammen mit Hitler und Eichmann in der Hölle gegrillt werden. Pastor Pip hatte die dort herrschenden Temperaturen auf mindestens zweitausendfünfhundert Grad Celsius geschätzt.

Ich schloss mich auf dem höllisch ungepflegten Zug-Klo ein und qualmte eine zur Beruhigung. Jemand hatte ein Jerry-Cotton-Heft liegen lassen. Der FBI-Mann musste sich vor Schüssen aus dem Geigenkasten in acht nehmen.

Langweilig. Die Anzeigen auf den letzten Seiten waren schon mehr mein Fall. Eine Büsten-Creme, die schwach entwickelte Brüste bereits nach drei Anwendungen in Melonen verwandelte, kam für mich nicht in Frage, aber die Nacktbrille für 19 Mark 99 wäre mir auch zwanzig wert gewesen. Die *neuartige, sensationelle Erfindung aus USA* wurde per Nachnahme und diskret verpackt versandt. Man trug das Ding wie eine Sonnenbrille und konnte dann alle Frauen nackt sehen. Männer anscheinend nicht, davon stand da nichts. Das war mir recht. Bei nächster Gelegenheit, sobald ich aus dem Zug raus war, würde ich mir vorsichtshalber zwei Brillen bestellen, falls mal eine kaputt ging.

Du hast wieder geraucht, sagte Leni, verzog das Gesicht und hielt sich die Nase zu.

Ich brauchte dringend neue Pfefferminzbonbons.

Kurz vor Koblenz mussten alle die Fahrkarten vorzeigen. Umsteigen in Stuttgart, Gnädigste, sagte der Kontrolleur zu Leni. Sie klimperte mit den Wimpern, zupfte an ihrem türkisen Sommerkleid. Der Kontrolleur lächelte empfänglich, Leni lächelte empfangsbereit zurück. Die Witwen räusperten sich.

Ich sorgte für ein bisschen Zugluft im mit Kölnisch Wasser verpesteten Abteil, steckte den Kopf aus dem Fenster. Was für ein Aufschrei! Eine der beiden Mitreisenden hatte gelesen, glühende Kohlen seien neulich aus dem Heizraum der Lok geflogen und hätten einem Passagier die Augen verbrannt. Dazu klopfte sie auf ein kleines Schild unterhalb des Fensters, das in vier Sprachen vor dem Hinauslehnen warnte, wegen der Gastarbeiter auch auf Italienisch. E pericoloso sporgersi.

In Mainz reichte ein Bahnsteig-Verkäufer eisgekühlte Orangenlimonade ins Abteil. Nichts für mich. Ich wusste, dass in Limonade viele Zuckerstücke steckten, und bestellte eine Flasche Sprudelwasser. Ich hatte meine Jeans für die Reise eingepackt. Viel fehlte nicht mehr, bis ich mich darin bewegen konnte wie ein normaler Mensch und nicht wie ein Roboter.

Leni kaufte eine Zeitschrift mit Marilyn Monroe auf der ersten Seite.

Die alten Schachteln waren entsetzt. Ein Flittchen, wie es im Buche steht! Sie hatten von Nacktaufnahmen gehört, und dass die Schauspielerin drei-, wenn nicht viermal geschieden und unzählige Male fremdgegangen sei. Das wäre ich auch gern, sagte Leni spitz und beschwor damit lange Schweigeminuten herauf. In Mannheim sah ich eine Frau und einen Mann, die sich eng umschlungen küssten und musste mindestens bis Ulm an sie denken.

14

Mein Vetter Andi, der das Wort Cousin vorzog, und ich waren fast auf den Tag gleichaltrig. Andi war braungebrannt und besaß sechsundsiebzig Bücher von Karl May. Die präsentierte er mir wie ein Jäger seine Geweihe.

Kinderkram, sagte ich.

Andis Zimmer war dreimal größer als meins. Er hatte Blick auf den belebten See, außerdem einen Plattenspieler. Er legte eine Platte auf, stellte das Gerät auf maximale Lautstärke, um dessen Leistungskraft zu demonstrieren. Das Lied hieß *Der Löwe schläft heut Nacht.*

Zum Einschlafen. Hast du nicht *Tutti Frutti*?

Andi stellte die Musik leiser. Ich starrte aus dem Fenster aufs Wasser, weiter hinten hohe Berge.

Was für ein Auto fährt dein Vater?, fragte der Cousin mit starkem schwäbischen Akzent. Da musste ich erst nachdenken. Vater hatte zwar im Krieg den Führerschein gemacht und war angeblich Cheffahrer eines Generals gewesen, seitdem aber aus der Übung.

Opel schied aus, das war ein Holtschmidt-Wagen, Borgward kam mir zu protzig vor, Goggo zu ärmlich. VW, sagte ich zögernd. Mit dieser gängigen Marke konnte man eigentlich nichts falsch machen.

Das ist doch kein Auto, das ist eine Krankheit!, rief der Mercedes-Beifahrer Andi und lachte gekünstelt. Nicht mal unsere Putzfrau würde VW fahren!

Bei unserer Ankunft hatte er nur symbolisch einen oder zwei Finger für eine leichte Tasche gerührt, und auch Onkel Hannes war mit der Note 6 durchs Kofferträger-Examen gerasselt. Hauptsächlich war er damit beschäftigt gewesen, die schwerbepackte Leni zu fotografieren, dazu einen auffliegenden Taubenschwarm und den verrußten Heizer der Lok, die uns ans Ziel gezogen hatte.

In seiner weinroten Karosse transportierte Hannes uns vom Lindauer Bahnhof nach Wasserburg. So hieß der Ort, wo die Verwandtschaft in einem großen weißen Haus mit flachem Dach und Riesengrundstück drumherum wohnte.

Bevor Andi mich fragte, ob wir auch ein Modegeschäft und eine Putzfrau mit rasantem Sportwagen hätten, ob ich auch auf dem Internat sei und dort neben einem Ministersohn sitze, fragte ich ihn lieber was.

Schon mal gevögelt?

Was?

Gepimpert, gepoppt. Einer Hübschen gezeigt, wo's langgeht, die Steckdose unter Strom gesetzt.

Andi drehte mir den Rücken zu, nahm die Platte vom Plattenteller und schob sie umständlich in die Hülle zurück.

Ich schon, sagte ich.

Hier kann man sich verlaufen, gell?, sagte mein Onkel mit rheinischem Tonfall und schwäbischem *gell* bei seiner Führung über Wendeltreppen und durch Gemächer. Es gab eine finnische Sauna mit Ruheraum, der gerade von Bärbel, der hübschen Haushälterin, geputzt wurde. Zugehfrau nannte Hannes sie südländisch.

Und weiter gings ohne ruhige Minute zur Dunkelkammer mit Rotlicht, habt ihr so was schon gesehn? Der Partykeller für achtzig Gäste, zur Not auch hundert, die Bar bis auf den letzten Platz bestückt mit funkelnden Flaschen und Gläsern. Das An- und Umkleidezimmer konnte mit gewaltigen Kleiderschränken punkten, der allerneuesten Garderobe, und auch eine Gästetoilette durften wir bestaunen. Telefone, mit denen man sogar nach Paris und Amerika anrufen konnte, eine Alarmanlage gegen Einbrecher und anderes Gesindel sowie eine Tiefkühltruhe, in der nach Hannes' Angaben dreieinhalb Schweinehälften Platz hatten.

Keine Atempause und auf zur Bibliothek für Modemagazine aus aller Welt, an den Wänden gerahmte Schwarz-Weiß-Fotografien von Modediven und Textilzaren, eigenhändig geschossen von Hannes und seiner, wie er nicht vergaß zu erwähnen, sündhaft teuren Fotokamera aus Japan. Da konnten Leni und ich von Glück sagen, dass uns das wertvolle Gerät beim beschwerlichen, helferlosen Aussteigen aus dem Zug aufgenommen hatte.

Vom geräumigen Balkon in ziemlicher Höhe genossen wir die Aussicht auf den himmelblauen Swimmingpool. Den hatte man sich geleistet, obwohl der See in Sichtweite war. Weiter, immer weiter. Zwei Bäder, aber bloß ein Gästezimmer, und das war für Leni reserviert.

Mich hatten sie für drei Wochen bei diesem Angeber Andi einquartiert, auf einer Matratze vor dem Bücherregal mit

Winnetou, Old Shatterhand und den anderen Vollidioten. Das konnte ja heiter werden.

Wir zogen unsere Badehosen an, aber nicht im selben Raum, und gingen zum Wasser, gerade mal zwei Minuten Fußweg. Andi lenkte meinen Blick mit beiden Händen über den See zu den Bergen hin, als gehöre das alles ihm. Links die Schweiz, rechts Österreich mit Lindaus Nachbarstadt Bregenz. Und irgendwo dazwischen Liechtenstein. Oder links die Schweiz und rechts Österreich? Ich hatte nicht aufgepasst, weil sich in der Nähe zwei Mädchen in meinem Alter im Bikini auf einer Doppelluftmatratze in der Sonne räkelten.

Der See roch ein bisschen abgestanden, schilfig, aber nicht unangenehm. Auf einer kleinen Mauer hockten Enten und putzten sich. Ich hätte mich gern mit einem beeindruckenden Kopfsprung ins Wasser gestürzt, aber es war hier zu flach. Andi setzte eine Taucherbrille mit Schnorchel auf, ich kam auch ohne zurecht. Der See war ziemlich trüb, trotzdem sah ich jede Menge Pflanzen und viele kleine Fische. Wenn ich nicht tauchte, schaute ich den Seglern hinterher.

Unser Motorboot ankert zurzeit auf dem Zürcher See, sagte Andi mit hochgeschobener Brille. Und unser super Segelboot ist zur Reparatur auf der Werft in Friedrichshafen.

Ich drückte den Cousin eine gute halbe Minute unter Wasser. Vielleicht auch länger. Danach hielt er das Maul und sich von mir fern.

Die beiden Mädchen auf der Doppelluftmatratze nahmen immer noch ein Sonnenbad. Sie kicherten, als ich genug vom Schwimmen hatte und an ihnen vorbeiging.

Du bist wohl auch nicht von hier, sagte die mit den kurzen schwarzen Haaren. Sie gefiel mir besser als die Blonde neben ihr.

Woher willst du das wissen?

Weil du noch ganz weiß bist. Und weil du Deutsch sprichst.

Wo kommst du her?

Hamborn. Kennt kein Mensch, weiß ich. Ist ein Stadtteil von –

Kenn ich, sagte ich.

Was du nicht sagst, sagte sie.

Hamborn 07, sagte ich weltgewandt. Immer in Tuchfühlung mit dem Tabellenkeller.

Gib mal nicht so an, Kleiner, antwortete sie, und ich war so dämlich und sagte empört: Von wegen, ich bin der Zweitgrößte in meiner Klasse!

Trotz seiner Dreiviertelglatze und der Kriegsnarbe auf der Stirn hatte mein Onkel eine schöne reiche Frau gefunden, die auch noch Jahre jünger war als er. Gitte durfte rote Finger- und Fußnägel haben. Sie fuhr einen weißen Karmann-Ghia, Zweisitzer mit elektrischem Schiebedach, neuestes Modell.

Im Wohnzimmer gelbe grazile Sessel, eine schlanke, asymmetrisch geformte Couch. Bequem waren die Möbel voraussichtlich nicht, aber machten was her.

Der Fernsehapparat war doppelt so groß wie der, den wir mal gehabt hatten. Über dem langen Esstisch hingen drei Ölbilder. Onkel, Tante und Cousin schauten leicht abstrakt, ernst, fast ungnädig auf einen herab.

Gitte sagte, der Sommer gebe sich in diesem Jahr überhaupt keine Mühe.

Waren hier sechzig Grad die Regel für einen gelungenen Juli? Ich hatte mir in kurzer Zeit einen Sonnenbrand auf dem Rücken und im Gesicht geholt und zeitweise befürchtet, vor Hitze zu Staub zu zerfallen.

Nach dem Auspacken der Koffer war Leni komplett aufgelöst. Ihr Badeanzug, um den es in den letzten Wochen Theater gegeben hatte, war nicht da, lag vergessen zu Hause herum.

Den gelben Bikini, für den sie sich zuerst entschieden hatte, musste sie wieder umtauschen, weil Vater wegen dessen Schamlosigkeit beinahe ein weiteres Versehen begangen hätte. An dem schwarzen Badeanzug, den Leni als nächstes wählte, war der Ausschnitt zu tief. Erst der dritte, hochgeschlossene Versuch hatte Vaters Erlaubnis bekommen. Und jetzt: die ganze Aufregung umsonst.

Nicht schlimm, sagte Gitte nach einem prüfenden Blick auf Lenis Busen. Wir müssten ungefähr die gleiche Größe haben.

Leni entschied sich für einen getigerten Bikini, den Vater niemals genehmigt hätte. Hannes war wieder mit seiner Fotokamera zur Stelle, Leni das perfekte Bademoden-Mannequin.

Beim Abendessen auf der Terrasse gab es einen Erwachsenen- und einen, wie es hieß, Jugendtisch. An dem saßen Andi und ich. Mein Gegenüber gabelte und löffelte mit Hingabe. Wegen des Dämpfers, den ich ihm im See verpasst hatte, bevorzugte der Cousin die nonverbale Kommunikation: kalte Schulter und gelegentlich ein wütender Blick.. Immerhin schüttelte er den Kopf, als Gitte ihn fragte, ob was vorgefallen sei zwischen uns.

Bärbel, die ebenfalls mit dem Vorführen von Bademode gutes Geld hätte verdienen können, hatte Tomatensuppe gekocht, nicht aus der Tüte wie Leni immer, sondern mit frischen Tomaten und Kräutern und fremden, köstlichen Gewürzen. Bärbel hatte auch süße Knödel mit Pflaumen zubereitet, die hier Zwetschgen hießen, dazu Obst- und Wurstsalat, frischgebackenes Weißbrot und eine große Käseplatte. Ich hatte Lust, mich gehenzulassen, aber dann würde das nie was werden mit meinen Jeans. Dennoch griff ich zu, alles schmeckte paradiesisch. Nur meine Nervosität wegen des weiteren Verlaufs des Abends bewahrte mich vor den Schäden einer auf Wochen nicht zu reparierenden Fressattacke. Ich hätte ganz dringend eine Beruhigungsspritze von Doktor Bölting gebraucht, wenn nicht zwei.

Omimi!, rief Andi, sprang auf und ließ sich wie ein Kleinkind auf die Wange küssen und über den Kopf streichen. Dass er *mein Bester* genannt wurde, schien mein Cousin überhaupt nicht blamabel zu finden. Die Frau trug ein langärmeliges Herbstkleid. Ihre grauen Haare hatte sie streng zu einem Dutt frisiert. Sie hatte immer noch ein interessantes, jedoch verkniffenes Gesicht, außer wenn sie sich ihrem Enkel zuwandte.

Ich möchte nur kurz die Gäste begrüßen, sagte sie. Ihr Händedruck war warm und fest, ihr Blick bohrend. Gute Reise gehabt aus dem Rheinland? Seid ihr noch Deutsche oder schon Franzosen?

Sie sprach betont Hochdeutsch. Setzen wollte sie sich nicht, ihr Fernsehprogramm beginne gleich.

Wir sehen uns dann am Sonntag beim Gottesdienst, sagte sie Richtung Tochter und Schwiegersohn. Und seid diesmal bitte pünktlich.

Daraus wird wohl nichts, da müssen wir dich leider enttäuschen, Mamatschi, sagte Hannes und legte Messer und Gabel aus der Hand. Wir fahren Sonntagmorgen in aller Herrgottsfrühe in die Schweiz. Die Verwandtschaft soll schließlich was sehen von der Welt.

Im Kirschbaum stritten sich Vögel um die besten Plätze. Die Alpen glühten vor sich hin. Auf dem See Schiffssirenen wie von einem Ozeanriesen, der sich verfahren hatte.

Nicht einen Fuß würde ich in dieses verfluchte Land setzen, sagte die Omimi heftig.

Mutti, nicht schon wieder!, sagte Gitte. Erspar uns bitte die Details. Die kennen wir doch.

Still! Wenn der Feind nachts mit seinen Flugzeugen kam, um Friedrichshafen in Schutt und Asche zu legen, sind die Schweizer, die nah genug an der Grenze wohnten, auf Hügel, Hausdächer und Kirchtürme geklettert, um das feige Schauspiel zu genießen. Als wäre Silvester. Jeder Bombe, die einschlug, applaudierten sie. Sie hatten Körbe dabei mit Bier, Wein und Kartoffelsalat. Auch aus Basel und Zürich und von noch weiter sind sie angereist, eure abscheulichen Schweizer und –

Den Rest verstand ich nicht, weil sie in ein Schwäbisch verfiel, das sich wie Mongolisch anhörte.

15

Es klappte, wenn auch unter Schmerzen. Weil ich die Idee hatte, mein weißes Hemd über der Jeans zu tragen, war etwas mehr Spielraum da, und lässig sah es auch aus.

Der Erwachsenentisch war inzwischen mit Weinflaschen und Gläsern gedeckt. Bärbel servierte Salzgebäck dazu, grüne und schwarze Oliven. Ich hörte, wie der Onkel Vater einen Primitivling nannte und Leni das Angebot machte, an den Bodensee zu ziehen und in seinem Geschäft zu arbeiten. Zunächst als Verkäuferin, aber mit Aufstiegschancen, versprochen! Und dem Jungen würde ein Wechsel auch guttun, sagte Hannes. Die bayrischen Schulen sind die besten in ganz Deutschland!

Du gehst noch weg?, fragte Leni mich.

Wir kamen fast gleichzeitig am vereinbarten Treffpunkt an. Dass Eva pünktlich war, mich nicht zappeln ließ, wie ich das von Christel kannte, gefiel mir. Und Eva gefiel mir noch viel mehr. Sie hatte roten Lippenstift aufgetragen und ihre Wimpern getuscht. Das weiße Kleid endete knapp unterhalb der Knie. Die gebräunte Haut und ihre Kurzfrisur passten perfekt zu ihr. Christels lange Haare vermisste ich nicht eine Sekunde.

Eva hatte den aparten Gang einer Tänzerin. Mit Ballett

kannte ich mich ein bisschen aus. In Musik hatten wir mal eine Aufführung gezeigt bekommen, nach der ich nächtelang nicht schlafen konnte. Die von fast durchsichtigen Trikots kaum verhüllten Brüste der Tänzerinnen und der sich deutlich abzeichnende Schritt! Der Musiklehrer, der bislang mit der schwierigen Bedienung des Projektors beschäftigt gewesen war, sah nun, alarmiert durch die ungewohnte Stille im Saal, auch genauer hin und beendete den Film dermaßen abrupt, dass das Vorführgerät irreparabel zu Schaden kam.

Ich stolperte über eine Baumwurzel. Eva fasste mich an, fing mich auf. Es machte mich befangen, dass sie so schön war. Von den flotten Sprüchen, die ich mir in den letzten Stunden zurechtgelegt hatte, kam mir keiner über die Lippen. Stattdessen fragte ich heiser: Wie alt bist du eigentlich?

Sehr charmant, eine Frau das zu fragen, antwortete Eva. Und selbst? Schon im Rentenalter? Oder darüber hinaus?

Ich errötete, aber das fiel nicht auf, weil ich Sonnenbrand im Gesicht hatte, zudem wurde es allmählich dunkel. Eva nahm wie selbstverständlich meine Hand, wir gingen am Ufer entlang. Warmer Abendwind, Vögel fielen sich ins Wort. Mein Herz sprintete so sehr, dass ich fast in Ohnmacht fiel. Bessere Leute zupften Unkraut, das sich in ihre Vorgärten geschlichen hatte, verwöhnten ihre Blumen. Auf der Promenade wurde promeniert. Glücklich kreischende Kinder, Hündchen sahen zu ihren Herrchen auf. Beladene Pflaumen- und Birnbäume verneigten sich vor Eva.

Weil wir keinen Sandstrand fanden, setzten wir uns auf Kies. Es war eine von vor Blicken geschützte Stelle, Büsche in Doppelreihe, nah am Wasser, aber Mücken mieden uns trotzdem.

Sechzehn, um auf deine Frage zurückzukommen, sagte Eva. Und du?

Auch, antwortete ich geistesgegenwärtig.

Eva war Schwesternschülerin. Sie wollte, wenn alles gut lief, OP-Schwester werden. Und du?

Keine Ahnung bis vor ein paar Sekunden, antwortete ich. Aber jetzt natürlich Chirurg.

Eva wohnte mit ihren Eltern in einer Pension. Sie hatten für zehn Tage gebucht, und sieben waren schon um. Ich kriegte jetzt schon Sehnsucht nach ihr und plapperte das auch aus. So was war sonst nie meine Art. Vier, fünf zähe Augenblicke der peinlichen Stille vergingen, dann küsste Eva mich kurz auf die Wange. Dieses Strahlen!

Ihre Eltern hatten in Hamborn ein Büdchen, einen Kiosk. Zeitungen, Bier, Zigaretten, Süßigkeiten. Und gute Ratschläge gab es für die Stammkundschaft kostenlos.

Das hier war ihr erster richtiger Urlaub. Sonst hatte sie die Ferien bei ihrer Oma in Oberhausen verbracht. Einmal war sie mit der Kirchengemeinde Sankt Hildegard im Schwarzwald gewesen, mit zwölf, aber das zählte nicht, das war kein Urlaub gewesen, weil die Jugendherberge schrecklich und die Gegend düster war, und sie die ganze Zeit geheult hatte vor Heimweh.

Ein Ausflugsschiff fuhr nicht weit von uns vorbei. Lachen, bunte Glühbirnen, Tanzmusik. Der letzte Sonnenstrahl fiel auf den Namen des Schiffs, es hieß natürlich *Schwaben*. Wir schauten den Wellen zu.

Ich wollte Eva auch was von mir erzählen. Aber was bloß? Von Peggy Sue, Christel, Havenstein und Jenniges? Dass Vater manchmal Leni schlug, mich aber nie?

Meine Jeans, die mich zunehmend einengten, retteten

mich. Ich erzählte, wie ich sie bei Herrenmoden Kleber geklaut hatte, wobei ich die dürftige Story ausschmückte (verfolgt vom Ladeninhaber und seiner sportlichen Angestellten, fast unter ein Auto geraten, das Missverständnis mit den polizeilichen Ermittlungen am nächsten Tag), und das anschließende Tief meiner Fastenkur, die vielen gescheiterten Anproben.

Ich hatte Glück. Soviel wie noch nie in meinem Leben. Ich brachte Eva zum Lachen. Und anschließend zum Küssen, ohne dass sie Geld dafür verlangte.

Danach waren erst mal Einkehr, Versenkung, wenn nicht Schockstarre angesagt, bei mir jedenfalls. Wir betrachteten den dunklen See, die verblassenden Berge Österreichs, Liechtensteins und der Schweiz. Das Gewässer stellte sich schlafend, und es wurde allmählich kühl.

Wo hast du so gut küssen gelernt?, fragte Eva plötzlich.

Mein Herz blieb minutenlang stehen und tat dann einen Weltrekordsprung, um den Rückstand wieder aufzuholen.

Hast du einen Freund?, fragte ich ängstlich.

Nicht mehr.

Eine Antwort, die mich froh, aber nicht glücklich machte.

Wir küssten uns wieder. Ich wünschte mir einen Schalldämpfer für mein Herz.

Muss um zehn in der Pension sein, sagte Eva. Sollen wir mal kurz ins Wasser?

Hab meine Badehose nicht dabei, erwiderte ich lahm.

Hab meinen Bikini auch vergessen, sagte Eva. Aber geht doch auch ohne, oder?

Sie streifte ihre Schuhe ab und löste den schmalen Gürtel an ihrem Kleid.

16

Ich wachte mit dem Gefühl auf, zerspringen zu müssen. Mein Mund auf Evas Lippen, meine Hand in ihrem Haar. Das hatte ich nicht geträumt, da war ich mir ziemlich sicher. Mir graute vor den leeren Stunden bis zum Abend. Erst um acht würden wir uns wiedersehen.

Nieselregen, es war herbstlich kühl. Die Berge waren nur zu erahnen, der See grau. Liechtenstein, die Schweiz und Österreich hatten sich in Dunst aufgelöst.

An ein Frühstück im Freien war nicht zu denken. Bärbel schenkte den Kaffee im Wohnzimmer aus, servierte Rührei mit magerem Speck, viele Sorten Wurst, Käse in Varianten von Dänemark bis Italien. Mein Onkel, das Jackett mit dem roten Einstecktuch schon in Reichweite, die Krawatte noch gelockert, empfahl den Appenzeller, den würzigsten Käse der Schweiz. Aber auch der Tomme Vaudoise, mild cremig, und der Bündner Bergkäse mit seinem feinen Aroma seien nicht zu verachten. Der Emmentaler dagegen völlig überschätzt. Hannes rieb sich das rasierte Kinn, zupfte sich ein Härchen aus dem linken Ohr. Leni sagte, in ihrem ganzen Leben sei sie noch nicht so verwöhnt worden, wie die Queen von England fühle sie sich, wie die First Lady von Präsident Kennedy.

Andi gab weiter den Beleidigten. Auch Gittes Morgenlächeln erstarb rasch, auch sie verstimmt. Frisch frisiert und geschminkt, nahm sie nur Kaffee, eine Scheibe Toast ohne Butter und zwei Tabletten zu sich. Hastig blätterte sie die *Schwäbische Zeitung* durch. *Ist Rauchen gefährlich?*, las ich. Hannes kratzte das Weiche aus seinem Brötchen, weil das dick machte und man in der Modebranche auf die schlanke Linie achten musste. Ich kopierte seine Erfindung sofort.

Für das Wochenende hatte der Onkel ein Ausflugsprogramm zusammengestellt. Am Samstagnachmittag nach Geschäftsschluss zum Wandern rüber nach Österreich, falls das Wetter mitspielte. Am Sonntag, wie schon angedeutet, in die Schweiz, zum Rheinfall von Schaffhausen, von dort weiter nach Zürich zum Essen, anschließend mit dem Motorboot über den See.

Begeisterung sieht aber anders aus, sagte er zu mir. Schlecht geschlafen, Matthes?

Jedes Wort von Eva, an das ich mich erinnerte, und ich erinnerte mich an jedes, hatte mich wachgehalten, jeder Blick, jede Berührung. Ich hatte ihren Namen geflüstert, EvaEvaEva, mein Kopfkissen fest gedrückt, während zwei Meter entfernt der Cousin vermutlich von Winnetous Schwester Nscho-tschi träumte. Oder, auch gut möglich bei einem wie Andi, von Old Firehand.

Vergangene Nacht war noch Licht im Haus gewesen. Die Terrassentür stand offen. Ich wollte in die Küche gehen, um ein Glas Wasser zu trinken. Da hörte ich leise Stimmen. Unbemerkt von beiden sah ich, wie mein Onkel Bärbel an den imposanten Busen fasste, die andere Hand unter ihren Rock schob.

O Gott, nimm mich, stöhnte Bärbel.

Gitte tat, als wisse sie längst Bescheid. Sie bedachte meinen Onkel mit einem langen Blick aus Eis.

Was ist denn Mode in diesem Jahr?, fragte Leni bemüht in das Schweigen hinein.

Kostüm mit kragenlosem Jäckchen, sagte Hannes scheinbar unbeschwert, dazu weiter Rock mit schmaler Taille. *Ich* hab mir das *nicht* einfallen lassen, liebes Schwesterlein!

Er klatschte in die Hände. Jetzt aber mit Mercedes und Ghia auf dem schnellsten Weg ins Geschäft! Den schwunglosen Angestellten Dampf gemacht! Die neue Kollektion aus Mailand steht vor der Tür!

Gitte strich über ihr hellgrünes Seidenkleid mit großen schwarzen Punkten, das Leni wunderwunderschön fand, und glitt elegant in ihre Stöckelschuhe. Wie ich die hasse, sagte sie.

Der Nebel umarmte mich. Es gab einen Grund für das Tiefdruckgebiet: Eva war nicht da. Ich lief durch den schäbigen Sommer, erst ziellos, dann entschlossen. Columbus hatte Amerika gefunden, Robert Koch die Erreger der Tuberkulose. Kleinigkeiten. Eva und ich hatten unsere Stelle am See entdeckt, die schönste im ganzen Universum.

Meine Uhr musste zur Reparatur, die Zeiger bewegten sich viel zu langsam. Eva war mit ihren Eltern zur Insel Mainau gefahren, später wollten sie noch Konstanz und Überlingen mitnehmen.

Ich muss da mit, hatte Eva gesagt. Meine Eltern streiten sich dauernd. Wenn ich dabei bin, reißen sie sich zusammen.

Wenn ich dabei bin, gehts bei uns erst richtig los, antwortete ich.

Bevor wir uns nach vielen Anläufen losrissen, längst nach zehn, hatten wir gemeinsam eine Senoussi geraucht. Eva paffte bloß, aber geschickt; sie machte nicht die Anfängerfehler wie ich, musste sich keinen Rauch aus den Augen reiben, hustete nicht.

Was ich jetzt suchte, war das Mundstück ihrer Zigarette. Ich fand es ohne viel Mühe im Uferkies. Dem Wetter war es nicht gelungen, den Lippenstift abzuwischen. Ich küsste den Fund, umhüllte ihn mit einem Taschentuch, steckte ihn behutsam ein.

Der See plätscherte vor sich hin. Ein Blitz verzischte. Enten legten sich mit einem Schwan an. Die *Schwaben* schaukelte vorbei, ohne Tanzmusik und Passagiere, die bunten Lämpchen außer Betrieb. Campingwagen-Tristesse, der Regen war auf den Geschmack gekommen. Wind sorgte für Fallobst. Nasse Herrenreiter griffen zur Peitsche. Ein Hund verbiss sich in sein eigenes Gebell. Läufer trabten an mir vorbei. Auch eine Dampflok atmete schwer. Ein graugrüner Vogel in einem Nest aus Brombeeranken.

Im weißen Haus war der Himmel los. Das Radio spielte fetzige Melodien.

Leni drehte sich, dreimal, viermal, flatterte, schwebte, flimmerte. Sie erschrak, als ich durchnässt über ihren Laufsteg stolperte.

Bärbel war zum Einkaufen nach Lindau gefahren, auch Andi ausgegangen. Leni nutzte die Gelegenheit, Garderobe aus Gittes großem, weißsilbernen Kleiderschrank anzuprobieren. Nach anfänglichem Zögern hatte sie nichts dagegen, dass ich ihr zusah.

Sie führte Traumkleider vor, Galakostüme, Kreationen für Opernball und Staatsempfang. Ein Rausch aus Farben, Samt und Seide. Leni hatte die richtigen Maße, füllte die noblen Klamotten perfekt aus. Auch die Hüte waren wie für ihr schönes Gesicht gemacht. Sie präsentierte gerade eine Stola, als Gittes schneidende Stimme dem Auftritt ein Ende bereitete.

Was fällt dir ein!

Gitte hatte morgens irgendwelche Unterlagen, Belege, Papiere vergessen, wichtig für die neue Mailand-Kollektion. Leni stammelte eine Entschuldigung.

Schon gut, sagte Gitte kalt. Aber in Zukunft –

Ja, natürlich.

Lenis Füße suchten zaghaft Balance.

Und stell das Radio leiser.

Sofort.

Gitte lief mit einem Aktenordner unter dem Arm zu ihrem Karmann Ghia.

Nachdem Leni sich umgezogen hatte, von der Queen zur arbeitslosen Klofrau in einer Minute und dreißig Sekunden, setzte sie sich auf die Terrasse in den Regen und starrte auf den verschwommenen See.

Aus Erfahrung wusste ich, dass an diesem Tag noch viel Schlimmeres geschehen würde.

17

Awopbopaloobob Alopbamboom! Ich war nicht in Stimmung für Geschrei, lärmende Instrumente und schnellen Rhythmus. Aber Andi hatte in Lindau in einem Radio- und Fernsehladen herumgestöbert und zwischen deutschen Heimatliedern und Karajans Mozart eine Langspielplatte gefunden, auf der *Tutti Frutti* drauf war, dazu noch andere Lieder mit komischem Titel. *Good Golly Miss Molly* und *Ready Teddy.*

Kennst du die?, fragte Andi.

Da musste ich erst nachdenken.

Ich schon!, rief Andi triumphierend. Der Ladeninhaber hatte die Freundlichkeit besessen, die Platte aufzulegen, ohne zu wissen, was auf ihn und seine Kundschaft zukam. Protest und Massenflucht.

Auf der Plattenhülle ein Schwarzer mit weit aufgerissenen Augen, minimalem Oberlippenbart und Haaren mit einer monströsen Tolle. Geschminkt war er fast wie eine Frau. An jedem Finger ein Ring. Andi war aufgekratzt, als hätte er eben den Rock'n'Roll erfunden. Nur weil ich noch was gutzumachen hatte, ließ ich mich in den Partykeller für achtzig bis hundert Gäste lotsen. Andi zündete Kerzen an, die in den Hals leerer Weinflaschen gesteckt waren.

Whisky-Cola?

Ohne Cola, antwortete ich, um den Cousin ein wenig auszubremsen. Andi ging unbeeindruckt hinter die Bar, hantierte herum, wirbelte und schüttelte, machte Wind, nein: Orkan, zelebrierte. Einserdiplom auf der Barkeeper-Fachschule, Jahrgangsbester.

Scotch oder Bourbon?

Das klang verdammt nach einer Fangfrage.

Sowohl als auch, antwortete ich clever.

Bist du sicher?

Yes.

Gläser klirrten, Eisstücke schepperten, funkelnde Flaschen. Andi zerlegte eine Zitrone, als ging es um die deutsche Meisterschaft. Ich setzte mich auf einen Hocker, ließ die Beine baumeln. Unruhiges Kerzenlicht beleuchtete ein Plakat mit der Skyline von New York.

Leg endlich die Platte auf, sagte ich.

Der Sänger verausgabte sich von der ersten Sekunde an wie ein wütender, angestochener Stier. Er gönnte sich keinen Moment Ruhe, kreischte und kreischte und kreischte dermaßen, dass man sich Sorgen machen musste, ob seine Stimme bis zum Schluss des Lieds durchhielt. Nicht nur die Stimmbänder konnten einem leidtun, auch das Klavier, auf das eingedroschen wurde, war in Gefahr, als Kleinholz auf dem Sperrmüll zu enden.

Zurück ans Tageslicht, gab ich zuerst dem Whisky-Whiskey-Mix die Schuld. Ich glaubte an eine Erscheinung, eine Halluzination. Es war aber keine Fata Morgana, die da unrasiert, übermüdet und unbeholfen im Wohnzimmer herumstand, eben erst einem Leihwagen entstiegen, für den Andis Putzfrau sich zu schade gewesen wäre. Ein böser Geist aus einem schrecklichen Traum, der unbedingt unter die Dusche musste.

Alles klar?, fragte Vater zwischen den Zähnen.

Der Sommer war mit halber Kraft zurück, er hatte den See und die Berge wieder zum Vorschein gebracht, aber glücklicherweise reichte es bei weitem nicht für den getigerten Bikini. Leni wirkte immer noch ganz klein, abwesend, verloren.

Bärbel, wie gewohnt auf Zack, kam angeflogen, tischte auf. Vater, überfordert von frisch gepresstem Orangensaft, vierzehn Sorten Käse und Brot in jeder Couleur, hielt sich an einer Kaffeetasse fest. Andi starrte den furchtbaren Gast an wie einen Riesenskorpion, machte dann einen Diener, fragte artig und whiskeylallend, wie die Fahrt gewesen sei. Vater, erfreut, endlich jammern zu können, legte los. Pannen, Bredouillen und Schlamassel. Man hätte glauben können, er sei in einer Nussschale bei brüllender See und turmhohem Wellengang um das Kap der Schlechten Hoffnung gesegelt.

Was willst du?, fragte Leni.

Ich sterbe ohne dich. Halt es allein nicht aus. Komm, ich fleh dich an, fahr mit mir zurück!

Ohne mich, sagte ich, schrie es fast.

Und es gibt Krieg mit dem Russen, sagte Vater voraus. Da muss die Familie zusammenbleiben. Leni dürfe sich auch wieder eine Arbeit suchen, schwor er. Egal wo und was, er werde ihr nie mehr im Weg stehen. Nie mehr!

Iss erstmal was, sagte Leni.

Vater gehorchte. Wie bei einer Verlosung griff er sich eine x-beliebige Scheibe Brot aus dem Angebot, belegte sie mit Appenzeller. Er aß sonst nie Käse, verfaulte Milch war das für ihn, und jetzt hatte er sich auch noch für den würzigsten aller

Schweizer Sorten entschieden. Dass er Frontsoldat gewesen war, kam ihm jetzt zugute. Qualen spielten keine Rolle, Augen zu und durch. Trotzdem schlug es mir auf den Magen, ihn mit vorgegaukeltem Appetit essen zu sehen.

Wie erlegt ruhte er sich dann in einem Liegestuhl aus, neben dem Swimmingpool, im Halbschatten unter dem edlen Kirschbaum. Leni hatte ihm vor der Abreise Schlaf verordnet. Keine Widerrede, er gehorchte wie ein Musterschüler. Von mir verlangte sie, nur noch sechs Stunden bis Eva, die Ferien abzubrechen, sobald Vater aufgewacht war.

Bin ganz froh, dass er gekommen ist, sagte sie, über einen gepackten Koffer gebeugt. Hab mich hier unmöglich gemacht. Komm mit, ja? Siebenhundert Kilometer allein mit ihm in dieser Blechkiste, das halt ich nicht aus.

Im Partykeller arbeitete Little Richard am Zerfetzen seiner Stimmbänder. Andi kreischte in schwäbischem Englisch mit.

Jetzt sag endlich was, sagte Leni und streichelte meine Wange.

Er ist seit dem Krieg doch kaum gefahren, sagte ich. Jetzt schon zu sterben, hab ich keine Lust.

Er hat es heil hierhin geschafft, da schafft er es garantiert auch zurück.

Tut mir leid, sagte ich. Lieber sterbe ich.

18

Marilyn Monroe, genannt das 8. Weltwunder, war mit sechsunddreißig gestorben, zuviel Schlaftabletten, meinte die *Revue*. Leni konnte es nicht fassen. Sie hatte die amerikanische Schauspielerin für unsterblich gehalten. Christel und der Westfale hatten sich entlobt, weil er, wie aufgeflogen war, nicht nur eine, sondern viele andere Verlobte hatte. Jetzt konnte Jupp endlich ruhig schlafen. Das Traumpaar Marika Kilius und Hans-Jürgen Bäumler trug sich nicht mit Trennungsabsichten, da legte Grete sich hundertprozentig fest.

Little Richard und *Tutti Frutti* waren nicht das neueste Ding, wie ich gedacht hatte. Längst verglüht, kalter Kaffee, die Zeitung von vorvorgestern. Elvis Presley hatte Little Richard schon vor Jahren von der Mafia ermorden lassen, um sich einen lästigen Konkurrenten vom Hals zu schaffen, sagte einer mit dicken Koteletten im Salon Sauerbier. Interessant, antwortete Herr Sauerbier, der Frisör, deutlich bemüht, seine Zweifel zu verbergen, und der Kunde sagte laut: Das ist alles bewiesen, absolut!

Wie immer am ersten Schultag nach den Sommerferien tauschten die Arzt- und Architektensöhne ihre Urlaubsländer aus. Südfrankreich, Nord- und Mittelitalien. Cornwall mit ein paar drangehängten Tagen in London. Einer war sogar bei seinen Großeltern in Argentinien gewesen. Zum ersten Mal hätte ich auch mitreden können mit meinem Blick auf Österreich, Liechtenstein und die Schweiz. Mit meinen Blicken auf Eva. Ich schwieg aber wie der kleine Rest, der es nur zum Freibad in der Nachbarstadt geschafft hatte.

Die vorzeitige Abdankung unseres bisherigen Klassenlehrers hatte sich schon herumgesprochen. Studiendirektor Dr. Gaida war schon länger gesundheitlich angeschlagen, Diabetes und vor allem chronisch üble Laune. Er hatte den Ausbruch des Dritten Weltkriegs auf die erste Jahreshälfte von 1963 datiert, und obwohl wir ihm angeblich leid taten, weil wir alle dem Atomtod geweiht waren, ohne viel Lebenszeit gehabt zu haben, verpasste er einem lieber eine Fünfplus als eine Vierminus.

Gaidas Nachfolger als Klassen- und Geschichtslehrer, Studienrat Kaußen, gehörte ebenfalls noch knapp zu den bedauernswert Jüngeren, was ihn nicht an starkem Haarausfall hinderte. Anscheinend litt er aber nicht unter seiner Frisur, die keine war. Er stürmte, ausstaffiert mit Fliege und Jacke mit Fischgrätmuster, in den Klassenraum, als hätte er gerade den Seeweg nach Indien entdeckt und dabei im Vorbeigehen den Buchdruck erfunden.

Spaß gehabt und gut erholt, Freunde?, rief er.

Ja, Herr Studienrat!, brüllten auch die, die Italien bloß mit dem Finger auf dem Erdkunde-Atlas bereist hatten. Ich hatte meine letzten Ferientage mit dem Warten auf den Briefträger verbracht. Aber da war nichts gekommen. Kein Telegramm, kein Brief, keine Karte. Luft- und Flaschenpost sowieso nicht.

Vor der Abreise aus Wasserburg hatte ich Andi mit zehn Mark

bestochen, damit er spurte, sich anstrengte, alles richtig machte. Damit er meine Anweisungen nicht neunundneunzig-, sondern hundertprozentig in die Tat umsetzte. Ich beschrieb ihm bis ins Kleinste und wiederholt den Treffpunkt, schärfte ihm die Uhrzeit ein, verbrachte eine Ewigkeit damit, ihm Evas Aussehen zu beschreiben. Ihr Gesicht, ihre Haare und Beine. Umwerfend wunderschön, geradezu mondän.

Mondän?

Dafür, dass mein Cousin im besten bayrischen Internat, angeleitet von pädagogischen Spitzenkräften aus ganz West-Europa und den USA, so Onkel Hannes, dem Abitur zustrebte, war er erstaunlich begriffsstutzig. Ich wurde das Gefühl nicht los, dass er Mailand für ein Land und Dänemark für ein Geldstück hielt.

Außergewöhnlich, sagte ich. Ausstrahlung, Anziehung, Charisma.

Charisma, sagte Andi. Aha.

Und dann das Wichtigste: die Übergabe des Briefs mit meiner Adresse.

Verstehe, sagte Andi.

Ich bezweifelte das. Obwohl Vater die Geduld verlor und den Motor des Leihwagens aufheulen ließ, instruierte ich Andi erneut, ging alles noch mal Schritt für Schritt mit ihm durch: Treffpunkt, Uhrzeit, Schönheit, Brief.

Okay, sagte Andi und schenkte mir, happy, mich in wenigen Augenblicken los zu sein, ein zuversichtliches Lächeln.

Wirklich alles kapiert?

AWopBopaLooBop ALopBamBoom.

Wenn du es versaust, bring ich dich um, sagte ich. Fünf Minuten unter Wasser und anschließend über glühender Kohle geröstet. Vorher selbstverständlich bei lebendigem Leib gevierteilt.

Andi verzog das Gesicht, als läge er bereits ertrunken und in Stücke gerissen auf dem Grill.

Ich schwöre, sagte er und erhob feierlich die rechte Hand.

Wie immer zu Beginn eines neuen Schuljahrs kontrollierte der Klassenlehrer die Anwesenheit der Schüler von A bis Z, verlas Name, Geburtsdatum und den Beruf des Vaters. Vater hatte die Bezeichnung Technischer Angestellter gewählt, um zu verhindern, dass ich ausgelacht wurde, wenn es hieß: Fabrikarbeiter.

Nachdem Kaußen die organisatorischen Pflichten hinter sich gebracht hatte, schloss er das Klassenbuch. Seine Miene verfinsterte sich. Er erhob sich und forderte uns auf, es ihm gleichzutun. Er habe die traurige Aufgabe, uns über den Tod eines ehemaligen Mitschülers zu informieren. Die genauen Umstände des tragischen Falls könne und wolle er nicht kommentieren, Spekulationen, Vermutungen zu äußern, kursierende Gerüchte weiterzugeben, läge ihm fern. Er bat um eine Minute des Gedenkens, an deren Ende er mitteilte, dass jeder, der an der Beerdigung teilnehme wolle, selbstverständlich für deren Dauer vom Unterricht freigestellt sei. Er bitte um Handzeichen.

Niemand meldete sich.

Kaußen appellierte zunächst mit sanftem Nachdruck, verschärfte dann den Ton Richtung Vorhaltungen. Wie kann man einem Kameraden nur die letzte Ehre verweigern?

Widerwillig zeigte ich auf. Einige drehten sich nach mir um und schauten mich an, als hätte ich etwas Obszönes getan.

Anständig von dir, sagte der Klassenlehrer, bevor er sich verdrossen den Anfängen des Dreißigjährigen Krieges zuwandte.

19

Pflicht des Fahrgastes ist es, sich auf dem Wagen sofort einen festen Halt zu verschaffen. Etwaige Folgen der Außerachtlassung dieser Bedingung sind selbstverschuldet.

Ich saß in der Straßenbahn, die von Duisburg Hauptbahnhof zur Haltestelle Hamborn Rathaus fuhr, statt Havenstein auf seinem letzten irdischen Weg zu begleiten. Immerhin hatte er Glück mit dem Wetter. Nach dem Dauerregen gestern war es trocken und nicht sehr kühl.

Überraschend viel Grünzeug entlang der Tramstrecke. Ein Rentner, der mir wohl angesehen hatte, dass ich von weiter weg war, machte mich auf einen Wasserturm aufmerksam. Der Eiffelturm hätte mich mehr vom Hocker gerissen. Weil hier alles so flach ist wie die Brust von meiner Schwägerin Ilse, beharrte der Mann. Da muss Druck ins Wassernetz. Ich tat ihm den Gefallen und bewunderte nachträglich den Turm, der längst außer Sicht war.

Der Himmel war nicht schwarz vom Kohlenruß, sondern blau mit weißen Wolken wie bei uns, und die Luft konnte man atmen, ohne gleich husten zu müssen. Trotzdem schienen die Menschen hier krankheitsanfällig zu sein. Was ich als erstes nach dem Aussteigen sah, waren zwei Apotheken in unmittelbarer Nähe. Das öffentliche Klo war überirdisch, es hatte eine Pickelhaube. Da ich nicht damit rechnete, von meinen Lehrern erkannt zu werden, zündete ich mir öffentlich eine Senoussi an. In der Ferne rauchten Hochöfen Kette. Direkt hinter dem altmodischen, aber geräumigen Rathaus hatten sie einen Förderturm hingesetzt.

Friedrich Thyssen 6, klärte mich ein Mann mit buschigen, zusammengewachsenen Augenbrauen stolz und ungefragt auf. Eine Goethe-Straße hatten sie auch, aber bevor mir der nächste redselige Einwohner den *Faust* aufsagte, wich ich Richtung Amsterdamer Straße aus.

Das erste Büdchen, das ich fand, war eine ausgewachsene Bude, fast ein Pavillon. Davor standen zwei Männer, die am helllichten Tag Bier aus der Flasche tranken und in eine Bockwurst bissen. Einer war auffallend schmal, der andere so blass, als sei er seit Ende des Zweiten Weltkriegs nicht mehr an die frische Luft gekommen. Sie unterhielten sich lebhaft mit einer Frau, die ihren blonden Lockenkopf aus der Verkaufsöffnung steckte. Das Gespräch drehte sich um die Nachbarstadt Düsseldorf, von der die drei nicht die beste Meinung hatten. Ich hielt mich höflich im Hintergrund, bis die Frau mich fragend ansah.

Entschuldigung, haben Sie vielleicht eine Tochter, die Eva heißt?

Die Frau drehte sich um und rief ins Innere der Bude: Eva, kommste mal eben kucken? Da is einer für dich.

Mir wurde schwindlig, meine Knie fingen an zu zittern, ich torkelte wie stockbesoffen auf der Stelle, musste mich an einem Zeitungsständer festhalten. Vor lauter Glück und Hitzewellen kriegte ich es fast mit der Angst zu tun. Sturm der Gefühle, wie die Leute, deren Bücher Leni las, das wohl nannten.

Auf Anhieb, sagte ich wie in Trance. Das gibts doch nicht!

Gibt alles, sagte die Frau. Außer zwei Sachen.

Und die wären?, fragte einer der Biertrinker.

Sechs Richtige auf meinem Lottoschein, und dass die Bekloppten aussterben.

Nicht viel los, die Musikbox war die Ruhe selbst. Im *Pilstreff* herrschte milde Depression, der 1.FC Köln hatte nur zweinull gegen Marl-Hüls gewonnen. Gegen die mach ich allein acht Tore, sagte einer. Auch Addi schien in spätsommerliche Novembergedanken versunken zu sein. Er fragte mich nicht, wie es am Bodensee gewesen sei, sondern erhöhte den Minutentarif auf eine Mark zwanzig.

Um jeden Irrtum auszuschließen, sagte ich: Letztes Mal kostete es aber nur eine Mark.

Alles wird teurer, antwortete der Wirt. Geh doch woanders hin, wenn es dir hier nicht passt.

Das Telefon am Kaiserplatz war inzwischen repariert, doch vier Leute hatten davor gestanden, und die olle Trulla in der Zelle ignorierte souverän die fett gedruckte Mahnung vor ihren Augen. *Fasse dich kurz!*

Die Leitung zum See war schlecht.

Er veschpert gerade, sagte Bärbel.

Wie bitte?

Er vesch-pert.

Egal was das ist, er soll sofort damit aufhören! Sagen Sie ihm das bitte. Ich rufe in zwei Minuten wieder an.

Bier?, fragte der Wirt. Natürlich Kinderbier.

Auf meine Kosten kam ein bisschen Stimmung in die öde Bude. Damit sie kapierten, dass sie mit mir nicht den Molli machen konnten, klopfte ich eine Senoussi aus der Packung und zeigte ihnen, was ein richtiger Lungenzug ist.

Hast du ihr den Brief gegeben?

Klar.

Und was hat sie gesagt?

Was soll sie gesagt haben?

Das frag ich dich!

Danke, hat sie, glaub ich, gesagt.

Das war alles? Und dann?

Dann ist sie weggegangen.

Der Ventilator klapperte nicht, niemand schnäuzte oder kratzte sich oder redete über Marl-Hüls, keiner trank. Der *Pilstreff* war ein einziges riesiges Ohr.

Sah sie enttäuscht aus?

Enttäuscht?

Ich meine, hat sie geweint, als du ihr gesagt hast, dass ich dringend abreisen musste?

Weiß nicht. Hab nicht so drauf geachtet. Davon hattest du mir aber auch nichts gesagt!

Ich legte eine kurze Pause ein, holte tief Luft und sagte beherrscht: Du Arsch hast es irgendwie versaut. Such dir schon mal einen schicken Sarg aus.

Addi stellte mir ein Männerbier hin. Korn dazu?, fragte er auf eine Weise, bei der sich jede Antwort verbot.

Eva sah auch ungeschminkt und mit Kochschürze gut aus. Dass sie schwanger und Mitte zwanzig war, ließ sich nicht bestreiten. Sie beschrieb mir den Weg zu zwei anderen Büdchen, die sie Trinkhallen nannte.

Kopf hoch, rief mir einer der Biertrinker nach, gibt alles.

Außer zwei Sachen, sagte die Frau mit dem Lockenkopf.

Die Wegbeschreibung war hervorragend, das Ergebnis niederschmetternd. Zwar bekam ich noch mal Pulsrasen und Herzflimmern, als der Mann im zweiten Büdchen rief: Komma Eva, Adam is da!, aber sein Lachen und das seiner durstigen Kundschaft, komische Heilige und bunte Hunde, zerstörte jede Hoffnung. Eva war eine Ulrike und höchstens zwölf.

Säuerlicher Geruch wurde immer stärker, stechender.

Mach nicht so'n Gesicht, Junge, rief mir ein Rentner zu, der sich an einer Haltestelle langweilte. Vage zeigte er mit seinem Stock in ostwestliche Richtung. Die Phoenixhütte in Meiderich, sagte er. Stahlproduktion riecht leider nicht nach Bratkartoffeln mit Spiegelei, und heute ist auch noch der Wind gegen uns. Aber man gewöhnt sich an alles.

Ich versuchte, mich zu gewöhnen, ging dabei die Stadt rauf und runter, Emscher- und Fürst-Pückler-Straße, Hamborner Altmarkt, doch Eva begegnete mir nicht. Auf einmal dachte ich, dass es sie vielleicht gar nicht gab, dass ich alles nur geträumt hatte. Den Lippenstift auf dem Mundstück der Zigarettenkippe hatte ich aber nicht geträumt, fiel mir zwischen Max- und Franzstraße ein. Das Mundstück gab es wirklich, das existierte im Geheimfach meines Schreibtischs.

Ein verwittertes Wahlplakat an einem Laternenmast brachte mich auf eine Idee. Ich kaufte in einem Schreibwarengeschäft, das auch ein Buchladen war, Papier, einen wasserfesten Rotstift und Klebeband. In einem Café bestellte ich Kaffee ohne Kuchen und machte mich unter Damen, die ihre Hüte von erlesener Hässlichkeit nicht ablegten und sich intensiv mit ihrem Dackel oder Pudel besprachen, an die Arbeit. Während ich in großen Buchstaben an Eva schrieb, malte ich mir die Berührung ihrer Finger auf meiner Haut aus. Nachdem ich ungefähr zwanzig Aufrufe mit meinen Grüßen und meiner Adresse gestaltet hatte, tat mir die rechte Hand weh. Ich zahlte, folgte der Beschilderung Richtung Zentrum und fand bald den ersten Laternenmast.

Am späten Nachmittag fuhr ich nicht ohne Hoffnung zurück. Das letzte, was ich von Hamborn sah, war ein schwarzgelbes Plakat in der Straßenbahn, das für ein Spiel am kommenden Sonntag gegen Preußen Münster warb.

21

Die Sonne kam seit Tagen nicht aus ihrem Versteck heraus. Im Schaufenster von Herrenmoden Kleber konnte man seit Anfang August Hunderte Wollsocken besichtigen. Vater sprach schon lange nicht mehr von Mohammedanern, die bei vierzig Grad im Schatten auf Kamelen einwanderten. Jetzt manövrierten uns seiner Meinung nach die Mutationen im Atomzeitalter direkt in eine neue Eiszeit, wissenschaftlich absolut erwiesen. f

Vielleicht wollte ich mich bloß davon überzeugen, dass Havenstein mich wirklich nicht mehr verpfeifen konnte. Am vorletzten Tag des missratenen Sommers holte ich die letzte Ehre für ihn nach, obwohl er die nicht verdient hatte, genauso wenig wie die Nachbarschaft mit Jupp und seinem Kölner Geißbock auf dem Grabstein.

Auf Havensteins dunkelgrauem Basalt stand *Unser geliebter Sohn Kurt.* Ein Name für einen Schäferhund. Er hatte tatsächlich am 25. Dezember Geburtstag gehabt, und Pech auch noch nach dem Tod. Sein Stein hatte eine volle Ladung Vogelkacke abgekriegt. Mit Spucke und zwei Taschentüchern polierte ich die Verschmutzung weg.

Ausnahmsweise gab es nicht bei uns Geschrei und Spektakel, sondern im Parterre. Stühle fielen um, Porzellan ging zu Bruch, am Ende hörte man Christel und Grete minutenlang heulen.

Zwei Tage später erfuhr ich im Treppenhaus, warum es zum Streit gekommen war. Christel wollte nicht länger Trauer tragen, Grete hatte auf einem ganzen Jahr in Schwarz bestanden, und ihr, Christel, schließlich zwei gescheuert.

Im Nachhinein ne prima Sache, sagte sie, denn meine Mutter hat Schuldgefühle gekriegt und mir erlaubt, mich normal anzuziehen.

Und warum sprichst du wieder mit mir?

Hast du eigentlich nicht verdient. Aber es ist so. Meine Freundin und ich gehen zum Tanzkurs für Teenager. Heidi ist seit gestern furchtbar erkältet, und ich hab jetzt keinen Partner für heute Abend.

Christel hatte das englische Wort deutsch ausgesprochen. Tee-Nager. Weil ich weiter mit ihr im Gespräch bleiben wollte, kamen weder Grinsen noch Belehrung in Frage, und eine Absage schon gar nicht.

Das senffarbene Jackett war von Jupp und überall etwas zu kurz. Er hatte es nur ein einziges Mal getragen, auf einer Familienfeier, wo sein Sakko für Heiterkeit sorgte und Jupps Laune für Wochen verdarb. Eintänzer, Gigolo, Stenz hatten sie ihn genannt.

Diese Doofköppe, sagte Christel, nur weil er modisch mal was riskiert hat!

Die Krawatte war ebenfalls ein Erbstück und farblich etwas dezenter. Sie war bereits fertig gebunden, weil Jupp zeitlebens den Dreh nicht raushatte. Christel trug ihr geblümtes

Kleid, das ich im Sommer einmal an ihr gesehen hatte, und flache Schuhe. Die sind beim Tanzen praktischer als Pömps.

Vergangene Woche bin ich zweimal fast hingesegelt.

Die Wände in der Tanzschule Krafft waren hellrosa tapeziert. Mein Senf stand in einem gewissen Kontrast dazu.

Ungefähr zwanzig Tanzpaare waren anwesend, darunter vier rein weibliche. Die waren nicht alle picklig und pummelig. Man fragte sich, warum die keinen Freund hatten. Das galt auch für Christel, die bei ihrem Aussehen längst an jedem Finger einen Nachfolger für den Westfalen hätte haben müssen.

Aufstellung!, kommandierte Herr Krafft, und kündigte zur Auffrischung einen Walzer an. Frau Krafft legte mit Schwung eine knisternde Platte auf. Christel führte und behauptete, ich hätte Talent. Meine rechte Hand lag auf dem Verschluss ihres Büstenhalters. Ich musste mich zusammenreißen, damit nichts auffiel.

Nach dem Walzer nahmen wir einen neuen Tanz durch, den Foxtrott.

Kein Grund zur Aufregung, im Vergleich zum Quickstepp ganz unkompliziert, sagte Herr Krafft beruhigend und demonstrierte die Herrenschritte. Beim dritten und vierten Grundschritt klatschte er in die Hände und rief: Seit-Schluss! Frau Krafft, die für die Damenschritte zuständig war, klatschte beim dritten und vierten Grundschritt nicht, sondern schnippte beidhändig mit Daumen und Mittelfinger: Seit-Schluss!

Nachdem wir uns, erst solo, später mit Partner, in den Foxtrott eingefühlt hatten, wie Frau Krafft es nannte, brachte sie uns Benimmregeln bei. Dass die Frau in der Öffentlichkeit nicht durch lautes Lachen auf sich aufmerksam machen soll. Dass man in die Armbeuge niest und dabei nicht rumbrüllt wie ein Gorilla im Urwald. Fisch nie mit Messer, nur mit Fischmesser! Sich die Nase putzen und dann ausgiebig das Sekret im Taschentuch bestaunen: Todsünde! Gähnen in Anwesenheit anderer, womöglich mit offenem Mund: Straftat!

Wir standen paarweise herum und schrieben uns den Lehrstoff hinter die Ohren. Und, sagte Frau Krafft, und war mit ihrem Zeigefinger plötzlich in meiner Reichweite, die Tanzschule in höchst fragwürdiger Aufmachung zu betreten, ist schlicht und einfach unverschämt!

Der Sakko ist doch schick, sagte Christel.

Das weibliche Tanzpaar schräg gegenüber von uns legte wegen derk Widerworte synchron und erschrocken die rechte Hand vor den Mund. Frau Krafft lächelte wie eine Alligatorin. Erstens, junges Fräulein, sagte sie, jede Silbe betonend, heißt es *das* Sakko. Und zweitens geht es gar nicht um *das* Sakko.

Nach einer theatralischen Pause zeigte sie angeekelt auf meine Blue Jeans, die sie Amihose nannte. Laut, sehr laut: Mein Mann und ich sind tolerant, da können sie jeden fragen. Jeden. Noch lauter: Aber an einer Stoffhose mit Bügelfalte führt kein Weg vorbei!

Es war, als wäre ein Schuss in die hellrosa Welt des Walzers und Foxtrotts abgefeuert worden.

Beides ist grammatikalisch korrekt, sagte ich in die bedrückte Ruhe hinein. *Das* Sakko und *der* Sakko.

Aus Silentium wurde Totenstille.

Meine Freundin hat sich bei der freien Wahl zwischen den Genera Maskulinum und Neutrum für das Genus Maskulinum entschieden. Wo ist das Problem?

Absoluter Blödsinn, brüllte Herr Krafft ungezogen. Das wird Folgen haben, Freundchen, das versprech ich dir!

Über die Art der Folgen äußerte er sich nicht, und ich wagte auch nicht nachzufragen. Zum Schluss gab das Ehepaar Krafft eine Kostprobe seiner Toleranz. Eine Twist-Platte wurde aufgelegt, und jeder konnte nach seinen eigenen Regeln hüpfen, springen, ausgelassen sein, was viele offensichtlich vor ein nicht lösbares Rätsel stellte.

Ich bin aber nicht deine Freundin, sagte Christel auf dem dunklen Nachhauseweg. Aber du hast schön gesprochen, wie'n Professor.

Sie nahm meine Hand und lud mich zu sich ein.

Tut mir leid, bin total pleite, sagte ich, und dass es zweitens da wohl noch Grete gäbe.

Die nimmt jeden Abend um acht eine Schlaftablette, sagte Christel, und um halb neun schläft Madame wie eine Tote.

Es war halb zehn. Vater hatte Nachtschicht, Leni würde nichts sagen, wenn ich mit Verspätung eintraf. Trotz Gretes Leichenstarre schloss Christel sicherheitshalber die Tür ab.

Vorher ein Stück Käsekuchen? Reisfladen? Bienenstich?

Allein die Vorstellung, den Süßkram in mich reinzustopfen, engte meine Jeans dramatisch ein.

Auf Christels Bett saß ein abgewetzter Teddybär. Sonst war da nicht viel in ihrem Zimmer. Ein Wecker, ein Fläschchen mit Duftwasser. Ein schiefer Kleiderschrank. Tapete, wie bei mir angegriffen von Schimmel und schlechtem Geschmack. Ein Nachthemd am Fußende des Betts, eine kalte Wärmflasche.

Von hinten?, sagte Christel.

Wie, von hinten?, echote ich in allerschlimmster Andi-Tradition.

Horst war immer ganz wild drauf.

Aber ich will dich sehn.

Meine Rückseite gehört auch zu mir, sagte Christel etwas genervt. Na gut, dann ich aber oben. Damit ich dich bequemer erwürgen kann, wenn du ihn nicht rechtzeitig rausziehst.

Sie hatte sich rasiert, nicht nur unter den Armen. Garantiert auch eine Idee des Westfalen.

Ein paar Tage später stand der mit seinen einseinundneunzig und zwanzig roten Rosen parterre vor der Tür. Christel habe ihm alles verziehen, so Grete. Kein Wunder. Für so einen Kerl würde ich sogar Hans-Jürgen Bäumler sausen lassen, und das will was heißen.

Das gab mir den Rest. Eva antwortete nicht, und mit Christel würde ich wohl nie mehr Foxtrott tanzen. Ich wollte Trauer tragen, aber mir fehlten dazu die passenden Klamotten. Ich stopfte fünf Brötchen vom Vortag, dick belegt mit Schinkenwurst, in mich hinein, außerdem Käsekuchen, Bienenstich und Reisfladen, auch nicht mehr taufrisch. Als mir klar wurde, was ich angerichtet hatte, versuchte ich, mich zu übergeben. Aber selbst das klappte nicht.

21

Ich hatte immer gedacht, Lebensretter sei das mit Abstand Größte. Viel besser als Filmstar, Lottomillionär und Goldmedaillengewinner. Dass es das Schlimmste war, was einem passieren konnte, dass man es verheimlichen musste und am liebsten nie mehr daran erinnert werden wollte, damit hätte ich nie gerechnet.

Am 28. Oktober, einem Sonntag, steuerte die Welt auf ihren Untergang zu. Die Russen hatten Raketen, auf die man Atomsprengköpfe Richtung USA schrauben konnte, nach Kuba verschifft. Klammheimlich, aber nicht heimlich genug. Der amerikanische Präsident John F. Kennedy drohte mit dem Dritten Weltkrieg, falls die Dinger nicht schleunigst eingepackt und nach Moskau zurücktransportiert würden. Welt am Abgrund, wie eines von Lenis Leihbüchern hieß. Da ging es aber, hatte ich auf der Rückseite gelesen, um Ehescheidung oder Verzicht auf die große Liebe oder so was.

Leni schien den Ernst der Lage nicht kapiert zu haben. Von wegen Lesen bildet! Sie schwärmte von Jackie, der Frau des amerikanischen Präsidenten, als sei das die neue Marilyn.

Zehn Jahre meines Lebens würde ich dafür geben, wenn ich so aussähe wie Jackie.

Leni, hör auf mit dem Kitsch!

Zum hunderttausendsten Mal, sagte Vater zu mir, nenn deine Mutter nicht Leni!

Lass ihn doch, sagte Leni. Ist doch schön.

Lass ihn doch, lass ihn doch, lass ihn doch!, schrie Vater. Mach ruhig weiter einen Waschlappen aus dem Bürschchen!

Herbstlicht fiel ins Wohnzimmer. Das Radio stellte sich dumm und tat so, als sei alles in bester Ordnung. *Ohne Krimi geht die Mimi nie ins Bett.* Der Mimi würde vielleicht schon in wenigen Stunden die Lust aufs Lesen vergehen, wenn nicht nur ihr Krimi in Flammen stand. Der nächste Schlager hieß *Ich schau den weißen Wolken nach.* Ich verstand das als hinterlistige, schadenfrohe Anspielung auf Atomwolken.

Durchschnittlich zwanzig Gramm Staub blieben von einem Menschen übrig, nachdem die Bombe runtergekommen war, hatte ich gehört. Wenn man das Glück hatte, nah genug an der Explosionsstelle zu sein. War man weiter weg, musste man sich noch tagelang unter schlimmsten Schmerzen mit schwersten Verbrennungen herumschlagen, bevor es endlich vorbei war.

Seit die Kuba-Krise ausgebrochen war, litt ich an Appetitlosigkeit, wodurch ich keine bleibenden Schäden von der Schinkenwurst-Kuchen-Orgie behielt. So hatte selbst der größte Blödsinn noch seine guten Seiten.

Leni las angespannt in *Angélique und die Verschwörung*, während Russen und Amis ihre Raketen in Stellung brachten. Vater trank schon am frühen Nachmittag Bier, was er sonst nie tat, und suchte in den Schubladen des Wohnzimmerschranks nach einer Quittung. Als wäre das noch wichtig.

Ich ging zur Wiese hinter dem Haus und qualmte eine. Dabei schaute ich den kahlen Pflaumenbaum an, als sähen wir uns nie wieder. Aus einem Nachbarhaus polterte laute Blasmusik herüber. Da war wohl eine Abschieds-Party im Gange. Wind frischte auf, die Luft roch schon nach Winter. Es fing an zu regnen, ich ging zurück ins Haus. In unserem Wohnzimmer war die Bombe schon explodiert.

Ich hatte es geahnt. Hatte Leni gewarnt. Zerreiß alles in Fetzen und spül sie ins Klo. Bitte.

Leni wollte davon nichts hören. Hannes habe sich soviel Mühe gegeben mit seinem handgeschriebenen Brief und den schönen Fotos, sie sei richtig gut getroffen darauf, das müsse ich zugeben. Ich gab es zu, doch das änderte nichts an meinen Ängsten. Hannes erneuerte sein Angebot: ein neues Leben am Bodensee ohne Vater, den Primitivling.

Der hatte seine verdammte Quittung immer noch nicht gefunden, wohl aber die Post aus dem Süden. Leni versuchte erfolglos, ihm das Kuvert aus der Hand zu reißen.

Weil Vater angeblich Schwierigkeiten hatte, die Charakterschrift seines Schwagers zu entziffern, forderte er Leni auf, ihm den Brief vorzulesen. Er hielt ihn mit Daumen und Zeigefinger beider Hände fest, nah vor Lenis Augen. Sie weigerte sich. Vater packte und schüttelte sie, dabei rutschten Fotos aus dem Umschlag heraus. Bikinifotos. Leni getigert im Liegestuhl, vor einem Becher mit frischen Erdbeeren und Vanilleeis, am Seeufer mit Sonnenbrille, im Hintergrund Birnbäume und Berge.

Vater schrie nicht. In fast normaler Lautstärke nannte er Leni eine dreckige Hure, eine Sau. Sie wollte fliehen, das ging schief. Vater zerrte sie unter das Licht der Wohnzimmerlampe und befahl ihr wieder, den Brief vorzulesen.

Es regnete immer noch keine Atombomben aus Russland.

Lass sie, bettelte ich. Komm, lass sie in Ruhe!

Leg dich nicht mit mir an, zischte Vater. Das hier geht dich nichts an. Los, verschwinde auf dein Zimmer!

Verlass diesen –, las Leni weinend.

Weiter, sagte Vater. Weiter. Und ein bisschen schneller, wenn ich bitten darf. Ich schlaf ja gleich ein.

Verlass diesen primitiven Rüpel –

Weiter, sagte Vater. Und lauter. Viel lauter!

Leni las wie eine Schülerin im ersten Schuljahr.

Du kannst sofort in meinem Geschäft anfangen. Bist doch wie geschaffen für die Mode.

Nichts passierte. Kein Atompilz weit und breit, das Haus zerfiel nicht zu Staub und Asche und Vater schon gar nicht. Richtige Schlappschwänze waren die Amis und Russen, Maulhelden. Große Klappe und nichts dahinter. Wahrscheinlich hatten sie gar keine Atombomben, bloß diese Ramschware aus dem Zweiten Weltkrieg, mit der man Städte und Länder verwüsten konnte, aber nicht die ganze Welt. Kennedy saß bestimmt mit seiner hübschen Jackie beim Afternoon Tea im Rosengarten vom Weißen Haus und lachte sich kringelig über Angsthasen wie mich. Und Nikita Chruschtschow trank im Kreml Wodka mit dem versammelten Politbüro, klemmte sich eine fette Havanna zwischen die Zähne und hörte die Internationale in der Version von Heinz Rühmann.

Wenn das nicht bald schneller geht, sagte Vater, gratulier ich dir diesmal mit *zwei* Veilchen zu deinem neuen Leben.

Leni kriegte kein Wort raus vor Weinen und Zittern. Sie kratzte sich am Hals und an den Armen. Kniff sich in die Wangen, riss an ihren Haaren. Da schlug Vater sie nieder. Er ging in die Hocke, drückte Leni mit beiden Händen die Kehle zu.

Ich schrie, sah die leere Bierflasche und griff nach ihr.

22

Anscheinend war Beige in Ungnade gefallen. Holtschmidt trug jetzt Dunkelblau und an den Füßen schottisch karierte Pantoffeln. Auch die Brille war neu. Zu Mittag hatte es, dafür musste man kein Detektiv sein, Sauerbraten gegeben.

Er hatte die Tür nicht gleich geöffnet, sondern nach langer Funkstille mit brüchiger, ängstlicher Stimme *Wer ist denn da?* gerufen, als befürchte er Dracula und Nosferatu zum Sonntagskaffee. Die Spionageabteilung des Bundeskriminalamts. Ich störte ihn beim Hören des Dritten Brandenburgischen Konzerts von Johann Sebastian Bach. Das hatten wir im Musikunterricht durchgenommen. Es war gar nicht so übel im Vergleich zu Wagner. Im Vergleich zu *Tutti Frutti* war es allerdings schlaffes Zeug.

Ich reichte Holtschmidt einen Zettel mit der Adresse, bat ihn atemlos, sofort loszufahren. Schnell, sonst ist es zu spät!

Verwirrt setzte Holtschmidt seinen Hut falsch herum auf.

Lenis Gesicht war angeschwollen. Sie saß mit blutender Nase und überkreuzten Beinen neben Vater auf dem Wohnzimmerteppich. Sie hielt seine Hand, redete ihm gut zu. Wie es aussah, hörte er sie nicht. Der Perserteppich, für den sie lange gespart hatten und auf den sie so stolz waren, wurde von Blut versaut.

Was sagst du jetzt?, fragte Leni mich.

Ich weiß auch nicht, antwortete ich.

Das Radio kannte keine Pietät, es plapperte aus, dass die Russen gekniffen hätten und die Welt gerettet sei. Kein Hauch von Erleichterung, ich war wütend auf Chruschtschow. Die Bombe hätte alles weggefegt, für Ruhe gesorgt. Die Verstrickung aufgelöst. Jetzt war jeder Ausweg verbaut.

In meinen Ohren rauschten die Niagara-Fälle. Ich ging ins Bad, wusch, ohne hinzusehen, meine flattrigen, blutverschmierten Hände und mein unbekanntes Gesicht.

Holtschmidt hatte die Nerven behalten, funktioniert, sich alles in allem bis auf Kleinigkeiten wie ein Agent verhalten, auf den auch im Notfall Verlass war. Er hatte Doktor Bölting nicht angetroffen, war dann Frau Böltings Tipp gefolgt und vor *Addis Pilstreff* vorgefahren, dort eingekehrt, mit falsch sitzendem Hut und auf Pantoffeln. Wie die gelacht haben, die versoffenen Kerle!, sagte er. In meinem ganzen Leben habe ich mich noch nie so geschämt.

Seinen Auftrag hatte er jedenfalls erfüllt. Holtschmidt verabschiedete sich, blieb aber. Dass Vater ein hoffnungsloser Fall war, sogar aufgehört hatte, ein Fall zu sein, stellte Doktor Bölting schnell fest.

Umso mehr Zeit, sich um die Halbtote zu kümmern, sagte er mit schwerer Zunge und auf unsicheren Beinen. Er holte eine seiner wohltuenden Beruhigungsspritzen aus dem Koffer. Anschließend tastete er Lenis Kopf ab, beschaute die Würgemale, bekämpfte das Nasenbluten, indem er ihren Kopf nach vorn beugte, die Nasenlöcher mit zusammengeknülltem Taschentuchpapier verschloss.

Holtschmidt bat darum, den Verstorbenen zu bedecken. Er sei zwar allerhand gewöhnt aus dem letzten Krieg, dennoch wirke der Anblick der Leiche befremdend.

Ich holte Vaters Bettdecke aus dem Schlafzimmer und legte sie mit abgewandtem Blick über ihn.

Allerbesten Dank, sagte Holtschmidt.

Habt ihr einen Kühlschrank?, fragte Doktor Bölting. Mit Eisfach?

Er nahm ein gefrorenes Schnitzel und eine Tüte mit Eisstücken heraus, verlangte einen Waschlappen. Den füllte er mit Eis gegen das Nasenbluten.

Das Schnitzel solle Leni sanft auf ihre Augen und Wangen drücken.

Scheinst Glück gehabt zu haben, sagte der Doktor. Aber eine Mittelgesichtsfraktur kann ich nicht ausschließen, auch kein Schädel-Hirn-Trauma. Deshalb muss der Herr Holthusen –

Holtschmidt. Mit dete am Ende.

Jedenfalls muss er dich sofort ins Krankenhaus fahren, falls seine Rumpelkiste nicht inzwischen an totalem Organversagen eingegangen ist.

Kein Krankenhaus!, schrie Leni wie ein kleines Kind.

Willst du für den Rest deines Lebens mit einer krummen Boxernase im wunderschönen Gesicht rumlaufen, Mädchen?

Kein Krankenhaus, sagte Leni, versunken in ihrem Sessel. Die finden immer was, und dann kommt da man nicht mehr lebend raus.

Schrecklich, diese jungen Dinger, sagte der Doktor kopfschüttelnd. Meine Nerven! Gibt es in diesem Haushalt vielleicht ein Cognäcchen?

Froh, nicht länger ergriffen mit Holtschmidt in der Landschaft rumstehen zu müssen, ging ich zum Schrank. Obwohl es allmählich dunkel wurde, schaltete ich kein Licht an. Wegen der Leiche. Sie war nicht vollständig unter der Bettdecke verschwunden, Füße und Waden ragten heraus, und den Anblick wollte ich nicht auch noch hell erleuchtet haben.

Papst Johannes XXIII. hatte eindringlich an die Weltgemeinschaft appelliert, für Frieden zu sorgen. Durch einen überraschenden Auswärtssieg bei Westfalia Herne hatte sich Hamborn 07 etwas Luft im Abstiegskampf verschafft. Immer noch stimulierte das Wort Hamborn meinen Puls, selbst in diesem Elend.

Holtschmidt beugte sich über das Radio, suchte mit kreisendem Zeigefinger die Ausschalttaste und war nach zwei Fehlversuchen erfolgreich.

Doktor Bölting versuchte noch einmal, Leni umzustimmen.

Alles deutet auf Notwehr hin, sagte er, aber es müssen Fakten geschaffen werden. Hieb- und stichfest. Für die Kripo. Allein deswegen musst du dich im Krankenhaus untersuchen lassen und –

Kriminalpolizei?, sagte Holtschmidt. Hier bei uns? Weshalb das denn jetzt?

Er strich mit der Kuppe des rechten Mittelfingers über seine störrischen Augenbrauen.

Sieht doch alles nach einem Unfall aus! Die meisten Unfälle passieren im Haushalt, das ist wissenschaftlich erwiesen!

Lass es mich so sagen, Holzmüller, sagte der Doktor.

Holtschmidt, sagte Holtschmidt böse.

Gehen wir, fuhr der Doktor fort, optimistisch davon aus, dass deine Brille lückenlos und unheilbar dauerbeschlagen ist. Weil alles andere nämlich fatal wäre. Äußerst fatal.

Er kippte den Cognac in einem Zug, hielt mir den leeren Schwenker hin und sagte: Noch eine Infusion, wenn ich bitten darf.

Jemand klopfte an die Wohnungstür.

Was ist mit der Atombombe?, rief Grete. Kommt sie oder kommt sie nicht?

Vorerst abgeblasen, sagte Holtschmidt tonlos, als sei das eine schlechte Nachricht.

Wirklich?, rief Grete. Kein Quatsch, hundertprozentig?

Erst jetzt sah sie Leni, das Blut, die schlecht getarnte Leiche und stellte ihr Jubeln ein.

Da haben wir wohl zwei Witwen im Haus, sagte sie irgendwie abgebrüht. Wenn nicht drei. Christel ist ihren Fremdgänger auch mal wieder los. Seit Tagen liegt sie im Bett und starrt die Wände an.

Holtschmidt machte Licht, blinzelte und rückte seine Brille zurecht.

Kinder, sagte Grete, jetzt koch ich uns erstmal einen ordentlichen Kaffee.

Ihre Unbekümmertheit hatte etwas Tröstliches, an das ich mich gern klammerte. Kopf hoch, ist doch alles nicht so schlimm. Davon geht die Welt nicht unter.

Doktor Bölting versank bequem auf dem Sofa und trank der Einfachheit halber aus der Flasche. Grete fragte, ob er ihr, wo er schon mal da sei, was für die Galle und gegen das Sodbrennen verschreiben könne.

Ich habe eine Idee, sagte er. Einen Plan. Einen guten, um das Wort todsicher zu vermeiden.

Ich kapierte nichts. Aber vielleicht hatte Chruschtschow doch nicht ganz daneben gelegen, als er es nicht drauf ankommen ließ mit dem Dritten Weltkrieg.

23

Silvester fiel auf einen Montag. Es schneite, aber nicht so stark, dass wir die Hilfe der Bundeswehr gebraucht hätten. Der Westfale konnte faul in seiner Kaserne rumlungern und alle Viere von sich strecken. Auf den Inseln und Halligen vor der Nordseeküste hatten sie dagegen Kalamitäten, meldete der Westdeutsche Rundfunk. Die Leute dort waren durch Eisbarrieren vom Festland abgeschnitten, Armee-Hubschrauber mit Lebensmitteln im Dauereinsatz.

Leni, sechs Wochen hatte sie Trauer getragen, die Mindestfrist, es dann dabei belassen, hatte von dem Tag, an dem die Bombe nicht fiel, weder eine schiefe dicke Nase noch ein Hirntrauma behalten. Trotzdem traute ihr das Arbeitsamt anfangs außer Kleinkram nicht viel zu. Vielleicht wollten sie Leni auch nur testen vor dem großen Durchbruch.

Herr Bödemann, um die achtzig, verwitwet, drei autistische Kanarienvögel, zahlte zweimal pro Woche fürs Mensch-ärgere-dich-nicht-Spielen. Im Prinzip würde nach den klassischen Regeln von 1914 gespielt, hatte Lenis Kontrahent beim ersten Treffen festgelegt, aber auf einer kleinen Sonderregelung müsse er bestehen: Egal was passierte, am Ende einer Partie durfte es nur einen Gewinner geben: ihn, Herrn Bödemann.

Frau Breuer ließ sich montags, mittwochs und freitags von vier bis sechs Uhr nachmittags vorlesen. Frau Holle von den Gebrüdern Grimm. Und zwar nur Frau Holle. Leni bekannte, mittlerweile die emsige Goldmarie zu hassen und immer mehr Sympathien für Pechmarie und die böse Stiefmutter zu hegen.

Herrn Jansen saß sie für zehn Mark die volle Stunde Modell und wurde in Bleistift, Tusche und Öl abgebildet. Der pensionierte Apotheker hatte die Kunst als neuen Lebenssinn für sich entdeckt. Nachdem er eine kräftige Gehaltserhöhung in Aussicht gestellt hatte, falls Leni ihm gestatte, seine malerischen Fähigkeiten auf das Gebiet der Aktmalerei auszudehnen, mied sie das Atelier des ambitionierten Künstlers.

Mit Kleinkram war es jetzt vorbei. Am Neujahrstag begann morgens um sechs Lenis Probezeit in der Wäscherei des Krankenhauses. Ich hatte mich als Zeitschriftenbote beworben und war genommen worden. Spätestens in einem Jahr konnte Herr Kappes mit einem neuen Fernsehapparat anrücken, vielleicht sogar mit zwei Programmen.

Back- und Kohlenofen waren in Hochbetrieb. Holtschmidt hieß mit Vornamen Klaus. Er war kein Hobbymaler, auch Menschärgere-dich-nicht langweilte ihn. Er kochte und backte gern. Leidenschaftlich gern, betonte er. Seine Feiertagsspezialität war Ente, gefüllt mit gegarten Maronen und mürben, säuerlichen, üppig mit Honig betupften Äpfeln. Den Nachtisch hatte er schon vormittags gebacken: Sauerkirschkuchen mit Streusel. Leni hörte nicht auf, die herrlichen Düfte zu loben. Mich ließen sie einigermaßen kalt. Mittlerweile passte ich problemlos in meine Blue Jeans, und diesen Erfolg wollte ich mir nicht von Klaus' kulinarischen Anstrengungen verderben lassen.

Unser Christbaum nadelte nicht, weil er samt Ständer in einem Eimer mit Wasser stand, der mit Goldpapier verhüllt war. Am 24. Dezember hatten wir den Baum gemeinsam aufgestellt und dekoriert, Leni, Klaus und ich. Klaus hatte mundgeblasene Vögel aus Glas in drei verschiedenen Farben über den Krieg gerettet. Dazu einige glitzernde Sonnen und Monde. Und, aufbewahrt in einem fleckigen Karton: schwarz-weiß-roter Christbaumschmuck in Form einer Handgranate und mit Hakenkreuz. Ursprünglich seien es vierundzwanzig Granaten gewesen, sagte Klaus, aber nur neun hatten die Flucht aus seiner Heimat, dem Baltikum, ohne Schaden überstanden.

Ich find die sowieso nicht so schön, sagte Leni. Was hat das mit Weihnachten zu tun?

Klaus atmete tief ein und aus.

Meine Mutter hat diesen Baumschmuck bei einer Advents-Verlosung von Kraft durch Freude gewonnen. Es war der Hauptgewinn, und Mutter war so stolz! Sie ist übrigens am Zweiten Weihnachtstag 1942 gestorben, vor zwanzig Jahren. Nach langem Martyrium. Krebs. In Erinnerung an Mama wäre es mir eine große Freude –

Entschuldige, das wusste ich nicht, sagte Leni und nahm Klaus' Hand. Die Granaten bleiben dran.

Was Männer betrifft, bist du auf beiden Augen blind, hatte Grete neulich zu Leni gesagt. Dein Hausfreund sieht doch aus wie Castrop-Rauxel.

Wie – Castrop-Rauxel?

Wanne-Eickel, Bottrop. Wenn der wenigstens ein schickes Auto hätte.

Klaus ist nett, antwortete Leni mit Nachdruck. Er tut mir gut.

Schlecht für den Umzug zum Bodensee. Der war damit wohl erstmal den Bach runter.

Zehn Tage vor Weihnachten hatte ein Brief aus Hamborn auf dem Küchentisch gelegen, als ich aus der Schule kam. Der Poststempel war gut lesbar, die Absenderin hatte ihren Vornamen abgekürzt: E. Vorsichtig öffnete ich das Kuvert mit einem scharfen Messer, zögerte das Lesen aber hinaus.

Ich ging in mein Zimmer, legte Little Richard auf. Tanzte mit mir selbst um die Wette, bis ich ganz verschwitzt war.

Den Plattenspieler konnte man mit Strom und Batterien betreiben. Klaus hatte ihn mir geschenkt, obwohl ich mit ihm kein Wort geredet hatte, seitdem er bei uns verkehrte. Bundesrepublik gegen Ostzone war nichts dagegen. Klaus sagte, er höre lieber Radio und hatte noch zwanzig Mark draufgelegt für meine erste Langspielplatte.

Im Musikhaus Götz führten sie Little Richard nicht. Es dauerte vier Wochen, bis die Platte mit seinen größten Erfolgen aus England eintraf. Die Verkäuferin war mit den Nerven am Ende, weil ich jeden zweiten Tag nachfragte.

Ich rannte hinters Haus, zündete mir zur weiteren Bereicherung der Firma Senoussi eine Zigarette an, las den Absender zum fünften Mal. Eva wohnte auf der Emscher Straße, die ich im September zweimal von oben bis unten abgelaufen war, ohne sie zu treffen. Mit Nachnamen hieß sie Dienstknecht.

Für seinen Nachnamen kann Martin nichts, hatte Doktor Bölting am Kubasonntag vor zwei Monaten gesagt. Er ist eine Seele von Mensch.

Ungeheuer?, fragte Leni. Vom Bestattungsinstitut Ungeheuer?

Genau. Kriegskamerad von mir. Vor Charkow habe ich ihm aus der Bredouille geholfen. Ihn aus seinem brennenden Panzer rausgeholt und verarztet. Wenn ich Martin bitte, beim Einsargen beide Augen zuzudrücken, den eingeschlagenen Schädel des werten Verstorbenen zu übersehen, wird mein Kamerad nicht nein sagen. Dann hättet ihr keine Scherereien. Und die Polizei hätte mehr Zeit für die richtigen Verbrecher.

Nach einer langen Pause fragte Leni mit geschwollenen Lippen, aber ohne Gehirnerschütterung: Und was schreiben Sie auf den Totenschein, Herr Doktor?

Wie wärs mit – Herzversagen?

Herr Ungeheuer war das glatte Gegenteil davon. Er arrangierte Rosen, Lilien und Chrysanthemen wie ein passionierter Florist, zupfte hier und da, glättete die Schleife am Kranz, den Vaters Firma spendiert hatte.

Die Beerdigung hatte *auf Wunsch des lieben Verstorbenen im engsten Familienkreis* stattgefunden. Christel ließ sich von Grete entschuldigen. Der Liebeskummer fesselte sie immer noch ans Bett. Dafür hatte sich Holtschmidt in den engsten Familienkreis eingeschlichen. Dauernd bot er sich Leni als Stütze an.

Es war ein Novembertag ohne Begräbniswetter. Ich hatte schulfrei. Der Geistliche, der die schlichte Aussegnung vornehmen sollte, verspätete sich. Meine schwarze Krawatte hatte Jupp gehört, der etwas zu kurze Mantel auch. Vaters schwarze Schuhe, kaum getragen, passten, weil ich sie vorne mit Zeitungspapier ausgestopft hatte. Die Hose hatte ich bei

Woolworth gekauft, ein Sonderangebot, aber mit einem großen Vorteil: man spürte sie nicht. Ich hatte hinsichtlich der Größe ein Auge zugedrückt, mir mehr Bewegungsfreiheit gegönnt.

Ein großer Vogel, vielleicht ein Bussard, schwebte über uns. In der Nähe fällten zwei Arbeiter eine verdorrte Buche. Nach einer quälenden Viertelstunde gab Leni dem Bestatter ein Zeichen, das dieser fast beschwingt an die Sargträger weiterleitete. Nachdem sie Vater in die Tiefe abgeseilt hatten, zogen sie den Hut, verneigten sich und schritten davon in die Mittagspause. Feuerzeuge klickten, Leni weinte.

Das Altersheim *Zum Guten Hirten* wurde an drei Seiten von der Hecke umschlossen, die die Friedhofsgrenze markierte. Gegenüber hatte sich das Beerdigungsinstitut *Pietät* niedergelassen. Egal wohin die Heiminsassen auch schauten: sie wussten immer, was ihnen in naher Zukunft blühte. Niemand würde früher oder später behaupten können, von nichts gewusst zu haben.

Herr Ungeheuer verteilte Blumen, die man als letzten Gruß auf den Sarg werfen sollte. Havenstein ruhte in Sichtweite, zwischen Vater und Jupp lag eine Frau, Elke. Sie war nur knapp zweiundvierzig Jahre alt geworden.

Der Brief war von einer anderen Elke, abgekürzt E. Sechzehn, Verkäuferin bei Horten in Duisburg und einsam, stand da in Schönschrift. Sie habe meine Zettel gesehen und stehe zur Verfügung, falls Eva sich nicht meldete. Sie träume von gemeinsamen Kinobesuchen am Wochenende, Arm in Arm, von lieben Briefen werktags. Die Entfernung zwischen Hamborn und mir: kein Hindernis. Ihr Vater sei Lokführer, deshalb könne sie kostenlos reisen. Elkes letzter Satz lautete: *Eine nette Antwort von Dir wäre mein schönstes Weihnachtsgeschenk.* Sie hatte ein Foto beigelegt, auf dem sie weiße Kniestrümpfe und eine Ponyfrisur trug und nicht lächelte. Im Hintergrund eine schwarze Katze auf einer Fensterbank.

Neun Handgranaten-Imitationen mit Parteiabzeichen funkelten im Licht der Wachskerzen am Weihnachtsbaum. Klaus hatte sich in seiner Wohnung rasch umgezogen, weißes Hemd, gedecktes Jackett, leicht grelle Krawatte, bevor er nach einer kurzen Rede, in der er die Hoffnung äußerte, Lenis höchsten Ansprüchen gerecht geworden zu sein, beflissen wie ein Oberkellner zwischen Küche und Wohnzimmer hin und her flitzte. Die von Knochen befreite Ente wurde mit Getöse aufgetischt und von Leni beklatscht, dazu reichte Klaus kleine gegarte Kartoffeln und, ganz klassisch, wie er sagte, Rotkohl. Ein Rotwein, Spätburgunder, als *kraftvoll* angekündigt, rundete das Silvestermahl ab. Wir stießen an, auf uns und das neue Jahr 1963.

Der ist aber sauer!, rief Leni und schüttelte sich.

Du meinst trocken, Liebes, antwortete Klaus mit leicht strafendem Blick.

Egal, aber ohne Zucker krieg ich das saure Zeug nicht runter.

Leni ging in die Küche, kam mit der Zuckerdose zurück. Klaus sprang auf, um Schlimmes zu verhindern, doch da hatte Leni schon reichlich Süßstoff in die trockene Flüssigkeit geschüttelt und umgerührt. Klaus sank auf seinen Stuhl.

Statt magerer Brust hatte er mir fetttriefendes Fleisch von der Keule zugeteilt. Ich konzentrierte mich deshalb auf das

Reduzieren des Spätburgunders, obwohl mir ein milder Weißer lieber gewesen wäre.

Leni schwor, noch nie etwas Leckereres, Knusprigeres, Saftigeres gegessen zu haben.

Schmeckst du auch den köstlichen Rosmarin heraus? Zwei frische Zweige habe ich der Füllung beigegeben.

Wär doch nicht nötig gewesen der ganze Aufwand mit den Zweigen, antwortete Leni.

O doch! Also, schmeckst du ihn heraus?

Nach einer intensiven Lippen-, Zungen- und Gaumenprobe antwortete Leni: Ja – irgendwie schon…

Wie – irgendwie schon?, sagte Klaus ungeduldig. Wozu habe ich mir überhaupt die Mühe gemacht?

Neun Uhr, noch drei Stunden bis zum Jahreswechsel. Draußen explodierten erste Feuerwerksraketen.

Doch, jetzt schmeck ich es ganz deutlich!, rief Leni.

Soll ich dir das wirklich glauben?, fragte Klaus.

Halt endlich deine verdammte Schnauze, sagte ich.

In der Wohnung unter uns schien auch nicht alles nach Plan zu laufen. Gepolter, Türenschlagen.

Du entschuldigst dich auf der Stelle bei Klaus!, rief Leni.

Es klopfte an der Tür, ununterbrochen. Grete schrie: Christel, ich glaub, sie stirbt! Ob Holtschmidt sie schnell mit dem Auto zum Krankenhaus fahren könne?

Der schimpfte wegen der kalten Ente, des verhunzten Essens überhaupt, setzte sich aber treppab in Bewegung. Wieder in seinen karierten Pantoffeln, und niemand hielt ihn auf.

24

Am dritten Januar durfte ich plötzlich in Filme ab sechzehn, es lief aber nichts, weder in der *Schauburg* noch im *Gloria-Palast.* Zur Frage, ob ich jetzt in der Öffentlichkeit rauchen durfte, musste ich noch juristischen Rat einholen.

Ich klaute Leni eine Schachtel Weihnachtspralinen, vermummte mich und zog los. Es war schneestill unter dem Eiszapfenhimmel. Kälte brannte in der Lunge, Straßenbahnen kamen nicht voran. Gähnende Verkäuferinnen, Kundschaft und Ladendiebe blieben aus. Lange vor Geschäftsschluss vergitterte ein Juwelier sich und sein Gold. Am Kaiserplatz war ein überladener Baum auf den berittenen Monarchen gestürzt, und an jeder Ecke verwehte Weihnachtsdekoration. Männer schaufelten das Rathaus frei. Auf einem Parkplatz ratlose Autofahrer; der Schnee hatte allen Wagen das gleiche Modell verpasst. Ein Vogel fiel tot vom Dach, aber für Marika Kilius und Hans-Jürgen Bäumler war es bestimmt die schönste Jahreszeit.

Beinahe wäre ich über Doktor Bölting gestolpert. Er war hingefallen und kam nicht wieder hoch, schien es auch gar nicht zu versuchen. Der Doktor half nicht mit, sträubte sich sogar dagegen, dass ich sein Leben rettete, doch irgendwie kriegte ich ihn auf die Beine. Mit gestörtem Gleichgewicht, die langen Künstlerhaare fielen ihm über die Augen, hielt er sich an einer Hauswand fest und schrie: Mami! Mami!

Schräg gegenüber wurde die Haustür aufgerissen. Ohne Mantel schlitterte Frau Bölting über die vereiste Straße.

Die überheizte Luft, der Geruch nach Krankheit, Narkosemittel und Suppe fiel über mich her wie eine Druckwelle. Als nächstes Jesus, lebensgroß und blutüberströmt. Eine Begine musterte mich. Schwarze Kutte, weiße Haube, darüber eine schwarze Kapuze; Alptraum. Der setzte sich fort in Zimmer 209, das wohl seit Jahren nicht mehr gelüftet worden war. Sechs Betten, alle belegt und von Besuchern belagert. Trauermienen, um eine röchelnde Frau versammelt, daneben aufgeregte Kinder, unterdrücktes Lachen, jemand rauchte, einer nieste ungeniert.

Christel war auffallend blass und durch einen dünnen Schlauch mit einer Infusionsflasche verbunden, die an einem Ständer hing, der Rollen hatte. Sie legte sich einen hässlichen himmelblauen Frotteemantel um, bevor wir uns nach draußen kämpften.

Wir fanden zwei Stühle in einem Wartezimmer. Einer mit Nasenbluten presste sich ein Handtuch vors Gesicht, der andere Mann griff sich an den Hals. Fischgräte, sagte er gequält. Ich schaute aus dem Fenster. Es schneite wieder, aber ohne Begeisterung.

Schmerzen?, fragte ich.

Geht so, sagte Christel. War ja bloß der Blinddarm. Meine Mutter dachte, ich hätte Tabletten genommen wegen Horst. Der ist für mich doch längst gestorben!

Bisschen viel Tote in letzter Zeit.

Bei weitem nicht! Wenn ich da an meinen Chef und seine Alte denke – Und meine Kollegin Susi und –

Und?

Keine Sorge. Du stehst mittlerweile ziemlich unten auf meiner Liste. Und herzlichen Glückwunsch, übrigens.

Christel gab mir einen kleinen Kuss.

Dass du daran gedacht hast, sagte ich.

Ich vergesse nur Sachen, die wichtig sind. Wie alt bist du denn jetzt? Sechzehn?

Äh – siebzehn.

Der Mann mit der Fischgräte äußerte die Sorge, demnächst zu ersticken, worauf der Bluter meinte, in Kürze zu verbluten.

Gehen wir noch mal tanzen?, fragte ich Christel.

Meinetwegen, aber versprechen kann ich nichts. Wenn mich nicht alles täuscht, hat der Chefarzt von der Station hier mehr als nur ein Auge auf mich geworfen.

Der mit der Gräte sagte, er werde nie mehr Fisch essen, nur noch Bratwurst mit Kartoffelpüree und sonntags Fleisch ohne Knochen.

Die Tür wurde geöffnet, eine Begine sagte, die Besuchszeit sei vorbei.

Schwester, wir verbluten und ersticken gleich, sagte der mit der Gräte. Wann kommt denn nun endlich der Doktor?

Geduld ist scheinbar nicht Ihre Stärke, sagte die Begine und schloss unsanft die Tür.

Anscheinend, nicht *scheinbar*, schrie ich dem katholischen Sauerampfer hinterher. Das half den beiden Kranken aber gar nicht, sie stöhnten im Duett.

Für wen sind eigentlich die Pralinen?, fragte Christel. Und schön eingepackt sind sie auch nicht.

Entschuldige, total vergessen, sagte ich und überreichte das Präsent. Bin heute ein bisschen neben der Spur.

Ein bisschen und nur heute?, sagte Christel und brachte mit ihrem Lächeln die Eiszeit zum Schmelzen.

Dann mussten wir und der bewegliche Infusionsständer los. Christel wunderschön in ihrem schäbigen Schlafanzug und dem noch horrenderen Morgenmantel Richtung Zimmer 209, wo es keine Luft zum Atmen gab, ich in die frostige Freiheit, dem Nikotin entgegen.

25

Als das Wetter für Schneemänner lebensgefährlich wurde, bekam ich wieder Post aus Hamborn, diesmal wirklich von Eva. Sie hatte ihren Vornamen nicht abgekürzt und hieß Nowak mit Nachnamen. Sie wohnte in der Wittfelder Straße. An die konnte ich mich nicht erinnern.

Eva Nowak hörte sich wie ein Hollywood-Name an. Sie hatte eine verspielte Handschrift, ihre Buchstaben waren leicht links geneigt. Mein Name und die Anschrift waren mit roter Tinte geschrieben, für ihre Adresse auf der Rückseite des Umschlags hatte sie schwarze genommen.

Einen dickeren Brief hatte ich noch nie gesehen, vier, wenn nicht fünf Blätter Papier mussten in dem Kuvert stecken. Eva hatte einiges an Porto investiert. Auf den drei Briefmarken war jeweils ein Prominenter aus der deutschen Geschichte abgebildet. Dürer mit einem Blick, als hätte er gerade seine Frau in flagranti ertappt; Luther, anscheinend ein guter Esser und noch besserer Trinker, glotzte benebelt an einem vorbei. Bach konnte sich auch kein Lächeln abringen; unter seiner Pudelperücke arbeiteten bestimmt Läuse und andere Quälgeister mit Inbrunst.

Ich war erkältet, fühlte mich matt und gleichgültig und das Schlimmste: ich hatte nichts gegessen, aber ein halbes

Kilo zugenommen. Die Jeans erinnerten mich jede Zehntelsekunde daran. Jenniges hatte sich die Frechheit herausgenommen, meine Analyse einer Kurzgeschichte mit einer Zweiminus zu benoten. Es war ein Tag für die Müllabfuhr.

Ich brauchte dringend was gegen Kopfschmerzen, Fieber und das Kratzen im Hals. Nachdem ich meine Jacke angezogen hatte, steckte ich den Brief ein und schloss die Wohnungstür.

Tauwetter riss tiefe Narben in den schmutzigen Schnee. Ich starrte das entzündete Auge einer Verkehrsampel an, hörte wie Leute über andere Leute herzogen. Arnold Buck, genannt Nöll, alias Doktor Müller, kam mir entgegen. Er tat, als sähe er mich nicht. Sein Seitenscheitel war einer Glatze gewichen, und das verwüstete Gesicht hatte er immer noch nicht reparieren lassen.

Nöll wohnte mit seiner Frau bei uns im Haus, in Klaus Holtschmidts jetziger Wohnung. Eines Tages im Juli war er in die Nachbarstadt gefahren und hatte sich dort im Puff als Arzt des Gesundheitsamts vorgestellt. Seine Ausweise: ein weißer Kittel, ein Köfferchen mit Stethoskop, Salben, Pillen und Tinkturen sowie seine Monatskarte für den Bus, die er falsch herum zeigte.

Anfangs lief alles nach Plan. Die Frauen ließen sich gynäkologisch behandeln, wenn auch widerstrebend, bis ein misstrauischer Zuhälter den Ausweis von Doktor Müller genauer untersuchte. Die Schäden, die ein Schlagring anrichtete, flickte man im Krankenhaus eher provisorisch zusammen. Eine Abteilung für Schönheitschirurgie existierte nicht. Die Polizei wurde verständigt, nicht nur die Lokalpresse bekam

Wind von dem Fall und berichtete, dieser Sommer war ereignisarm, in einer Ausführlichkeit, mit der man sonst nur Serienmörder und Attentäter würdigte. Nöll war das Gesprächsthema, mal laut, meist hinter vorgehaltener Hand, aber ich reimte mir Stück für Stück zusammen, was ein Puff ist. Frau Buck reichte die Scheidung ein, bald darauf wurde die Wohnung im zweiten Stock frei.

Ich tastete nach Evas Brief, er war noch da. Fast wäre es mir lieber gewesen, ich hätte ihn verloren.

Straßenbahnen quengelten Fußgänger aus dem Weg. Eine Frau machte Theater wegen einer Laufmasche. Eine andere fragte einen Mann, wie es mit ihnen wäre. Heute nicht, antwortete der Mann. Und morgen schon gar nicht! Ich nieste drei-, viermal, vorschriftsmäßig in die Armbeuge und ohne Gebrüll wie ein Gorilla im Urwald. In einer Apotheke kaufte ich Aspirin, Hustenbonbons und Papiertaschentücher.

Zuhause streifte ich meine durchnässten Schuhe ab, zündete ein Holzfeuer im Küchenherd an, wusch mir die Hände, nahm zwei Tabletten. Es war drei Uhr nachmittags. Mit einem Kartoffelmesser und Fingern, die vor Unruhe kaum zu gebrauchen waren, machte ich mich daran, den Brief zu öffnen.

LESEN SIE WEITER:

»*Roxy* ist ein flott geschriebenes, sympathisches Roadmovie, unterhaltsam, witzig – ein Blick zurück ohne Zorn und mit einer gehörigen Prise Melancholie.«

Bruno Lauser, Vorarlberger Nachrichten

Dietmar Sous
ROXY
144 Seiten
gebunden mit Schutzumschlag
ISBN 978-3-88747-315-0
Auch als ebook

»Dieses Buch ist wahrhaftig und zugleich von einer so unaufdringlichen Kunstfertigkeit, dass man sie leicht übersehen kann.«

Frank Schäfer, Rolling Stone

Dietmar Sous
SAN TROPEZ
144 Seiten
gebunden mit Schutzumschlag
ISBN 978-3-88747-348-8
Auch als ebook

www.transit-verlag.de